文을 問하다

文^문을 問^문하다

學而思 | 학이사

책이 맛있어지기 시작했다

권영희

가을이 시작될 때쯤 드디어 서평을 만났다. 늘 마음 속엔 품고 있었지만 선뜻 다가가지 못했었기에 첫 만남은 떨림 그 자체였다. 더구나 시작은 창대하나 끝은 미약한 나의 끈질기지 못한 엉덩이가 걱정이 되긴 했다.

강의실을 카리스마로 잔뜩 채운 선생님의 강의를 들을 때마다 나의 무책임한 독서에 수없는 반성을 했다.

순전히 '주관적 선택'에만 의존한 나의 독서 습관은 하루하루 서평 수업이 이어지면서 책 선택의 폭을 넓혀주었다. 내겐 있어서 상당히 중요한 발전이었다. 한정된 독서에 벗어나서 다양한 책을 읽게 됨으로써 사고의 폭도 한층 넓어진 것 같았다. 좋은 책을 읽는다는 것은 그것을 맛나게 먹고 마시는 것이다. 그것을 음미하며 맛있게 소화시켜 내뱉는 것이 서평이란 생각이 든다.

서평이란 단어는 참으로 경직된 단어란 생각이 들었다. 하지만 갈수록 서평은 내 독서를 더욱 더 풍성하게 만들어주었다. 내가 읽고, 느끼고, 행복했고, 감동적이었고, 웃고, 울었던 그 많은 책들을 다양한 시선으로 주무를 수 있는 독자들의 놀이터였다.

서평 수업을 시작하고 서평을 쓰기로 마음먹고 책을 읽기 시작하자 내겐 아주 눈에 띄는 변화가 생겼다. 우선 펜을 잡고 줄을 긋기 시작했고, 무엇을 말하고자 하는지, 의미하는 바가 무엇인지 고민하기 시작했다. 지금까지는 그저 글자를 지워가는 독서였다면 이제는 글자의 의미를 생각하는 독서가 되어가고 있었다. 다 읽고 나서도 뚜렷하지 않았던 글은 또렷이 내 기억 속에 남았고, 작가의 생각에 동조할 수도 또한 반박할 수도 있게 되었다.

책이 맛있어지기 시작했다.

아주 소소한 책을 읽으면서도 어떤 의미로 받아들일지 고민했다. 서평을 쓰면서 의미있는 책읽기가 드디어 내게 다가왔다.

시작은 창대했고 끝도 그런대로 잘 마무리 한 것 같아 한껏 기분이 좋다. 수업하는 동안 들었던 선생님의 열정적인 목소리를 한동안 잊지 못할 것 같다. 함께 했던

4기 생들이 목소리 높여 함께 토론했던 학이사 2층의 그 회의실도 그리울 것이다. 또한 우리와 저녁마다 함께 했던 김밥과 귤 향도.

누군가 서평이 무어냐고 묻는다면 이렇게 말하고 싶다. 맛있게 마시고, 충분히 음미하며, 한껏 농축된 삶을 익힌 최고급 1947년산 슈발 블랑 와인과 같다고….

헤르만 헤세의 『수레바퀴 아래서』를 다시 읽고 서평을 써본다. 불안정하고 실패한 수재 한스를 바라보며 먹먹해진다. 서평을 알기 이전과 다르게 첫 장부터 난 한스와 함께 걸어가고 있었다. 그는 내게 어떠한 의미가 되어가고 있었다.

차례

문학 _ 소리를 보았다

비문학 _ 소득이 보장된다면 무얼 할래요?

책과 함께 떠나는 여행

문학

소리를 보았다

누군가에게는

『브람스를 좋아하세요』, 프랑수아즈 사강,
김남주 옮김, 민음사, 2010

권영희

사랑하기 좋은 계절이다. 발끝에 눌리는 낙엽의 바스라짐도, 한 낮의 나른함도 모두가 낭만적인 날들이다. 프랑수아즈 사강의『브람스를 좋아하세요』를 읽었다. 제목만 들어도 짜릿했다. 왠지 소녀가 된 듯한 느낌이 들었다. 그 시절로 돌아가 떨리는 목소리로 '브람스를 좋아하세요…'라고 누군가에게 무턱대고 물어보고 싶었다.

　이제는 지나쳐버린 사랑에 대한 감정이 전율하듯 일어났다. 나는 다시 열정적으로 누군가를 사랑할 수 있을까? 프랑수아즈 사강은 프랑스의 여류작가로 19세 때 발표한 「슬픔이여 안녕」이 세계적인 베스트셀러가 되면서 이름을 알리기 시작했다.

　그녀는 사랑의 감정을 아주 섬세하고 미묘한 분위기로 이끌어 내서 많은 사람들의 사랑을 받고 있다. 나 또한 그녀의 작품을 읽으며 사랑이라는 감정을 알아나갔다. 그 떨림, 그 황홀함, 그 울림. 모두 그녀 덕분에 내가 느꼈었던 잊힌 감정이었다.

　『브람스를 좋아하세요』는 사강이 스물넷의 어린

나이에 썼다고 볼 수 없을 정도로 여성의 세밀한 심리 묘사와 절절한 사랑의 감정을 잘 드러내고 있다. 표지 그림부터 황홀했다. 샤갈의 '생일'이라는 작품이다. 그림 속에는 연인들의 사랑하는 감정이 고스란히 드러나 있었다. 황홀함에 이끌려 공중으로 붕 뜬 느낌. 나도 느꼈던 사랑의 감정이다.

서른아홉인 폴은 오랜 연인 로제와의 익숙해진 사랑에 권태로움을 느끼고 있었다. 그때 열네 살이나 어린 시몽의 등장은 그녀를 다시 열정적인 사랑으로 빠지게 만들었다. 또한 나이 차이로 인한 주변의 모욕적인 시선에 괴로워하며 순간적으로 빠져드는 시몽의 헌신적인 사랑에 행복해 하기도 한다.

"브람스를 좋아하세요?"

그녀가 이제껏 잊고 있던 모든 것, 의도적으로 피하고 있던 모든 질문을 환기시키는 것처럼 여겨졌다. 자기 자신 이외의 것, 자기 생활 너머의 것을 좋아할 여유를 그녀는 여전히 갖고 있기는 할까?

– p.57

시몽이 폴에게 데이트를 하기 위해 던진 이 한마디는 폴을 눈뜨게 했다.

이제까지 자신이 알고 있는 자신의 모습이 한낱 허상처럼 느껴졌다. 어쩌면 로제를 사랑하는 자신도 실제의 자신의 모습은 아닐 거라는…

폴은 실제로 자신이 브람스를 좋아하는지 알지 못한다. 하지만 자신이 모르는 자신을 찾아가는 길이라 생각하고 그 질문을 쫓아 자신을 알아가고 싫었는지 모른다. 지금 이 순간 느슨해진 사랑 앞에서 습관처럼 이루어지는 사랑 앞에서…

폴은 사랑하면서도 처절히 외로웠다. 사랑 때문에 고통 받은 폴은 또다시 다른 사랑 때문에 행복하지만 또다시 그 사랑도 예전과 같은 사랑으로 끝남을 알고 있다. 폴이 다시 돌아간 익숙한 사랑은 시몽을 만나기 전과 조금도 변함없이 흘러갔다.

다시 돌아간 폴은 행복할까? 아님 그 익숙한 권태로움도 사랑일까?

사강이 말했다.

'나를 파괴할 권리'를

폴의 사랑은 안주함으로 끝이 났다. 폴은 자신을 멋지게 파괴할 권리를 놓친 것 같다.

시몽이 폴을 향해 내민 구애의 손길이 그립다.

언제부턴가 익숙해져버린 내 심장에 한 점을 찍고 간 시몽을 향해 따스하게 등 두드려 주고 싶었다.

'네 사랑은 아름다웠다고.'

"브람스를 좋아하세요…"

라며 누군가 내게 티켓 한 장을 내민다면…

생각만으로도 가슴이 떨리기 시작한다.

난 아직도 사랑에 목마르다.

누군가에게는… 난 의미 있고 싶다.

그렇다.

사랑이라면

　최소한 누군가에게는 안정감 속에서 서글픈 행복을 끌어내게는 하고 싶지 않다.

　소설처럼 세상이 가을비에 젖어 번들거리고 있다.

　사랑하기 딱 좋은 계절이다.

소리를 보았다

『김진묵의 클래식 음악 이야기,
별들의 노래를 듣는다』
김진묵, 달아실, 2017

권영희

별들이 쏟아져 들어왔다. 거짓말같이 『별들의 노래를 듣는다』를 읽고 있는 저녁 거실 창문 안으로 별들이 쏟아졌다. 귀를 기울였다. 내게도 들려왔으면 좋을 라흐마니코프의 우수 가득한 피아노 협주곡 3번을 기대해보았다.

『별들의 노래를 듣는다』는 춘천에 있는 달아실

출판사에서 낸 독특한 책이다. 음악평론가 김진묵 선생님이 썼다. 클래식 음악을 별처럼 줄줄이 엮어내어서 재미있게 읽을 수 있었다. 더구나 기가 막힌 것은 이 책을 읽음과 동시에 클래식에 귀가 열리기 시작하는 것이다.

 이제껏 철저하게 외면해왔던 클래식 음악이 황홀하게 들려왔다. 비비안 리와 로버트 테일러의 슬픈 눈빛이 인상적이었던 영화 「애수」. 그 영화에 흐르는 라흐마니코프의 음악은 더욱 더 그들의 사랑을 아프게 만들었다. 이제껏 느끼지 못했던 그 음악이 들림으로써 영화는 완벽하게 되었다. 우리가 알지 못했지만 어딘가에 늘 클래식이 삶에 들어와 있었다. 우리가 아직 그것을 느끼고 즐길 준비가 되지 않았던 것이다.

'삶을 즐겨라'

— p.12

저자는 삶을 허무하게 흘려버리는 것을 안타까워한다. 우리의 삶을 제대로 즐기는 방법은 다양성을 즐기는 것이다. 한 가지만 집중하고 고집하는 것은 한 번뿐인 자신의 생에 미안해야 한다. 재즈를 하는 이들은 재즈만을, 대중가요를 좋아하는 이들은 대중가요만을 듣는 것 자체가 안타까운 일이다. 사람의 심금을 울리는 모든 음악은 그 자체가 아름답다. 우리는 아름다운 음악들을 마음껏 누릴 자유가 있다. 그 다양성을 맘껏 누리기 위해서 소홀했던 클래식에 맘껏 빠져보자.

'다양성이라는 인생의 깊이를 잃는 것은 커다란 불행이
다.'

- p.258

커다란 창문을 통해 들어오는 별들을 보며 바흐
의 'G선상의 아리아'를 틀었다.

'바흐의 음악은 우주'

- p.33

라고 한다. 그 말처럼 바흐의 음악을 듣고 있으
니 별 속을 누비고 다니는 듯했다. 하늘 위에 음
악이 오선지를 그려놓고 넘실넘실 춤을 추고 있었
다. 정말로 음악이 손에 잡히듯 보이기 시작했다.
바흐와 별과 우주와 삶이 어우러져 맘껏 풍만해지

고 있었다. 황홀한 경험이었다.

『별들의 노래를 듣는다』에서는 이제껏 알지 못했던 클래식의 다양한 세상을 맛깔나게 보여준다. 클래식 속에서 우리의 삶을 풍부하게 만들어 볼 수 있다.

모두 일곱 장으로 이루어져 있는 이 책은 한 부분마다 클래식을 이해하기 쉽고, 다가가기 편하게 구성되어졌다.

첫 장은 밤하늘의 별과 바흐의 음악,

두 번째 장은 피아노는 왜 이렇게 생겼을까,

세 번째 장은 「미완성 교향곡」은 왜 미완성인가.

네 번째 장은 인간의식에 따라 변하는 음악

다섯 번째 장은 음악, 무엇을 어떻게 들을 것인가.

여섯 번째 장은 라흐마니노프의 종소리— 후기 낭

만의 아름다운 황혼.

일곱 번째 장은 클래식음악은 왜 그렇게 생겼을까.
로 이루어져 있다.

하늘을 향해 손을 내밀었다. 바흐의 「G선상의
아리아」가 끝없이 들려오고 있었다. 소리를 따라
간 손 안에 음악이 잡힐 듯하다.

소리를 보았다. 드디어.

시詩, 비탈의 나무도 춤추게 하는

『편향의 곧은 나무』, 김수상,
한티재, 2017

김남이

저명한 어느 시인이 아름다움에 대해 얘기하는 것을 들은 적 있다. 그는 사람의 일 중에 육체적으로 가장 아름다운 행위는 사랑이고, 정신적으로 가장 아름다운 행위는 시詩를 짓는 것일 거라고 했다. 차고 무서운 바람 소리가 창문을 때리는 밤, 책상 앞에 앉아 추위에 오므라드는 손을 호호 불며 시를 써내려가는 영화 속 사람이 그렇게 아름다울 수가 없다고, 아름다움을 생각하면 그 장면이 떠오른다고 그는 말했었다.

시를 쓴다는 것은 삶에서 어느 만큼의 의미를 가질 수 있을까, 시인은 어떤 사람일까, 시인들도 자신의 시작詩作 행위를 그렇게 아름답게 생각할까, 이런 생각들을 해보지 않을 수 없다. 시를 쓰고 싶거나, 시를 쓰기 위해 사색과 고뇌의 밤을 보내본 사람이라면 누구나 해봄직한 생각일 것이다. 그러한 사유와 쓸쓸함이 어쩔 수 없이 시에 묻어나기도 하는데, 시집『편향의 곧은 나무』에도 몇몇 그런 시편들이 보인다.

이 시집은 2013년에『시와 표현』으로 등단한 김수상 시인의 두 번째 시집이다. 이 시집의 시 속에 나오는 화자를 통해 짐작해볼 때, 시인은 혼자 두 아이를 키우는 아버지이며 오래 돈을 벌지 못했으나 치매 병동 병원비를 내야 하는 아들이다. 이런 시인이 그다지 밝지 않은 삶의 현실에서 길어 올리고 끝내 묶어낸 이 시집을 넘기면서 우리는 어쩌면 그토록 '아름다운 시작詩作 행위'를 만날 수 있을지도 모른다.

시집은 총 4부로 나누어진 70편의 시와 '詩와 人生에 대한 서른 개의 짧은 생각'이라는 산문으로 구성되어 있다. 1부는 시인인 화자가 세상을 맞닥뜨리면서 느낀 미세한 파장이 주요한 시편들을 이루고 있다. 2부는 가족과 사람들에 대한 사랑이, 3부는 세월의 흐름과 그 여백에서 문득 얻게 된 깨달음이 다뤄지고 있다. 4부는 좀 특별하다고 볼 수 있는데, 성주 사드 반대 투쟁 현장에서 낭송하기 위해 쓰여진 시편들이다.

모든 작가들이 그렇듯이 이 시인도 자신의 시와 인생을 들여다보며 고심하고 있는데, 이를 직접적으로 보여주는 문장들이 시집의 뒷부분에 실려 있다.

> "시의 언어는 꺾어진 지점에서 한 번 더 비틀어야 한다. 레슬링 선수가 꺾은 데를 한 번 더 꺾어 상대를 제압하듯이, 관절 마디가 툭, 분질러지는 느낌이 와야 한다. 내 시는 그 지점에서 늘 실패한다."
>
> – p.169

그의 시를 꼭 보고 싶도록 우리를 당기는 한 구절이다.

"바퀴벌레의 암컷은// 단 한 번의 교미로 수컷의 정액을 받으면// 평생을 반복해서 수정할 수 있다고 한다// 죽을 때까지 정액을 몸 안에 품고 살면서/ 마음만 먹으면 새끼를 까는 것이다// 시를 몰라 겁이 없던 한 때,// 바퀴벌레 암컷 같은// 시 쓰는 기계가 되어 보겠다는// 마음을 먹은 적이 있었다// 지금 생각하니 기가 찬 일이지만// 품고 살면,// 아니 될 것도 없겠다는// 생각을 하기도 하였다"

– p.18 「품고 살다」 전문

시를 짓는 일은 한 번 매료되었다 해서 평생을 두고 마음만 먹으면 새끼를 까는 일이 아닌데, 매번 새로운 떨림을 찾아 천길 만길 가늠할 수 없는 낭떠러지로 내려가는 일인데, 화자는 시 쓰는 기계가 되어 보겠다는 마음을 먹은 적 있다고 한다. 시를 몰라 겁이 없던 때라 그렇다고 한다. 그러나

이 시에서는 역설적이게도, 시를 조금 알아 겁이 생기고 기가 찬 일인 줄 알아도 한 번 매료된 후 내치지 못하는 시인이 읽힌다.

"비탈에 선 나무들을 보았다// 오른편의 경사가 심각하니// 왼편의 흙들을 꽉, 움켜잡았으리라// (나는 비탈에 정이 들어 그 언덕에 오래 머물렀네)// 그러면서,// 편부偏父인 너를 생각하였다// 양쪽에 반찬을 놓은 적이 없었으므로// 오직, 한 가지 반찬만 먹는// 너의 편식을 생각하기도 하였다// 가운데에서 엄마 아빠의 손을 잡고// 폴짝폴짝 깨금발을 뛰며 나들이를 가는// 아이를 너도 보았느냐,// (괜찮다)// 없는 한쪽에도 이제는 같은 키의 풀들이 도탑게 덮였다// 비탈에 선 나무들이 바람을 타고 춤을 추고 있다// 오른편으로 밀릴 때, 왼편으로 한 뼘 더 뿌리내린다// (굳세게)// 오늘 부는 바람은 우리의 편,// 바람은 발전하는 경제처럼 불었으리라"

— p.50 「편향偏向의 곧은 나무」 전문

비탈에 서서 한쪽으로 치우친 햇빛을 받고 자라는 나무를 보며, 화자는 정이 가는 그 비탈에 오래 머문다. 비탈의 나무처럼 엄마 없이 아버지의 사랑만 먹고 자라는 아이를 떠올린다. 이내 나무들이 바람에 춤추고 있음을, 그러므로 바람은 우리편임을 인지한다. 그 바람은 발전하는 경제처럼 호의적으로 불어나며 불었으리라는 헤아림으로 우리편임을 좀 더 확신하고 싶어하는 화자의 마음이 아이에 대한 사랑과 겹쳐진다.

인용한 두 편의 시로 볼 때, 이 시인에게 시를 짓는 일은 아름다운 행위임이 분명해 보인다. 시를 품고 살고 싶은 생각이 기가 찬 일일 수밖에 없는 지난한 생활 속에서도 비탈의 나무를 보는 따뜻한 시선과 아이를 생각하는 애잔함이 건강한 시로 피어나고 있음에랴 ···. 『사랑의 뼈들』이라는 첫 시집의 자서에서 '몸 근방 50미터 안의 이야기들'이라고 밝힌 바 있듯이, 그의 시 쓰기는 매일의 기도이며 수행일지도 모른다.

이는 주역의 '근취저신원취저물近取諸身遠取諸物'이라는 말에도 잘 부합된다 할 것이다. 가까이는 자신의 몸에서 취하고 멀리는 사물에서 취한다는 이 말은 시를 쓸 때도 좋은 지침이 되는 바, 자신을 알뜰히 살피고 취한 연후에야 먼 밖의 사물을 마땅히 논할 수 있기 때문이다. 4부의 투쟁시들도 자신의 삶의 터전과 직접 관련된 사안을 절박한 심정으로 다룬다는 점에서 공허한 외침이나 구호와는 다른 차원을 보여준다.

시인 신변의 일상과 사회적 이슈가 그다지 난해하지 않은 언어와 문장으로 엮여진 이 시집에서, 그가 말한 '관절 마디가 툭, 분질러지는 느낌'을 받을지 못 받을지는 독자마다 다를 것이다. 그러나 시 쓰기가 어떻게 한 사람의 삶을 덜 지치게 하는, 아름다운 행위가 되는지 확인할 수 있을 것이다.

개똥밭에 굴러도 이승이 좋다

『그래도 사는 건 좋은 거라고』, 문바우,
펄북스, 2017

2017년 한 해를 마무리하는 12월, 힘들게 모은 전 재산을 사회에 기부했다는 따뜻한 소식이 들리는 한편, 다른 쪽에서는 대형 화재로 귀한 목숨을 잃은 안타까운 소식도 들려온다. 좋고 나쁜 이야기로 뉴스나 신문이 떠들썩한 가운데 유명 아이돌 가수가 스스로 목숨을 끊었다.

팬도 아니었고 어떠한 관계도 없지만 그의 죽음이 왠지 멀게 느껴지지 않는다. 겉으로 보이는 화려한 모습에 남들은 부러워했을지 모르겠지만 그의 속은 외로웠고 삶의 공허함만이 가득 했던 거 같다.

삶과 죽음. 힘든 삶보다는 죽음이 나은 것인가? 그래도 죽는 것보다는 사는 게 나은 것인가? 하는 물음이 차올라 넘치려 하는 중에 이 시집이 눈에 띄었다.

'그래도 사는 건 좋은 거라고'

시집에는 대를 잇기 위해 아버지가 밖에서 낳아온 자신의 어린 시절부터 현재까지, 시인 자신의 이야기 약 70여 편이 담겨있다. 책 사이사이 정성 들여 쓴 손글씨 시는 가난하고 배우지 못했지만 뒤늦게 글을 쓰며 시인이 된 저자의 진실함을 비취준다.

화자에게도 청자에게도 맞춤법이나 시적 표현, 시의 형식은 중요하지 않다. 느꼈던 대로, 있는 그 대로, 말하던 대로 담담히 풀어낼 뿐이다. 아니 마음 속 응어리와 설움을 쏟아낸다.

항상 배고프고 멸시받던 아이에게는

'나는 우리 집에서/ 암만 배가 곱파도/ 내 손으로 밥 찾아 먹으면/ 왜 도둑놈 새끼가 되나요'

— p.15

'겨울방학/ 일 학년 나의 우등 상장은/ 아궁이 불 속에서 뜨겁게 탔습니다'

— p.18

아버지의 사랑이 삶의 희망이었고

'가슴속 주머니에 국화빵 몇 개/ 싸 감추어서 오시고
선/ 식구들 몰래/ 숨어서 꺼내주었어요/ 나중엔 너하고
살으마, 하고/ 자식의 목을 끌어안아도 주었어요'

— p.20

돌아가신 어머니 그리고 아버지를 그리워하던
아이에게는

'어머니/ 나 어제는 어머니를 부르며/ 하늘을 쳐다보
고 눈물 흘렸어요

— p.48

'아부지 앞에서 아부지 아부지/ 한이 가시도록 불러볼
수 있는데/ 아부지 하마 떠나고 없습니다'

— p.55

'내 마음은/ 엄마 바람이랑 아빠 바람 따라가는/ 아기
바람이어요'

– p.65

　수녀님, 손자손녀들, 하느님이 삶의 희망이 되었
다.

'힘들 때 생각나서/ 찾아가면/ 아이고 베드로야, 어서
온너라 하고/ 반겨주시는 수녀님'

– p.90

'아기가 춤을 추는 춤보다/ 웃음과 기쁨을 안겨다 주
는/ 진짜 춤이 또 있는가'

– p.99

'왜 사냐고 물으면/ 나는 말없이 저 하늘을 바라보네/

저 하늘에 계신 하느님이 보시기에/ 좋으시다고 하시고/ 피투성이라도 살아라고 하셨기에'

– p.108

엄혹했던 가정사가 담겨 있는 시어 속에서 시인의 깊은 외로움이 묻어나온다. 그 시절엔 의지할 곳 없는 외톨이였다. 하지만 지금은 사는 게 좋다. 그래도 살아가는 이유는 자신을 진정으로 아껴주는 사람이 있어서, 내가 사랑하는 사람들이 있기 때문이 아닐까?

시를 읽지 않는 내가 제목에 끌려 첫 페이지를 넘기기 시작했지만 쉽게 따라갈 수 있었던 것은 꾸밈없는 순박한 표현이 있었고, 깊이 빠져들 수 있었던 것은 가슴 속 응어리를 진솔하게 내뱉는 시인의 외침이 들렸기 때문이다. 이따금 등장하는 종교적인 색채는 종교를 갖고 있지 않은 내게 아무런 거부감이 없었다. 이런 것들이 시집을 끝까지 읽게 만들어 주었다.

평소 주위 사람들에게 감사함을 표현하지 못하고 부모님께 '사랑합니다.'란 말 한마디 하지 않은 나에게 그들과 나의 관계, 삶이 소중하다는 것을 일깨워준 시를 다시 한번 읊는다.

그래도 사는 건 좋은 거라고

마을 아이들이
학교에서 공부한다고 한창일 그때쯤엔
나는 먼 이 산에 나무한다고 바빴구나

마을 아이들이
학교에서 공부를 마치고
집으로 돌아갈 그때쯤엔
나는 무거운 나무지게를 지고
저 좁은 비탈길을 기어오르면서
헉헉 숨이 가빴구나

아마 지금쯤은 마을 아이들이
더러는 책보따리 마루에 던져놓고
진천 맑은 물에 달려가서 목감한다고 한창이겠다.

나는 잠시
이 산 언덕에 누워
젖은 땀을 훔치고
저 하늘을 바라보고 쉬어라

저 하늘에 흰구름만은

그래도 아름다운 내 친구다
이따금 불어오는 한줄기 바람만은
그래도 시원한 내 친구다
힘들게 혼자 나무하는 아이로 살아도
산다는 것은
그래도 좋은 것이라고
나뭇가지 위에서 지저겨 주는
작은 저 새들과 함께

– p.35

삶의 캔버스가 두려우세요?

『반 고흐, 영혼의 편지』, 빈센트 반 고흐,
신성림 옮김, 예담, 2017

김정숙

    1890년 7월 27일, 한 방의 총소리가 울렸다. 여인숙 주인이 급히 다락방으로 올라간다. 피를 흘리며 쓰러져 있는 한 사나이를 발견한다. 사나이는 자신의 다락방에 세 들어 살던 고흐라는 화가이다. 이웃에 살고 있던 의사에게 알린다. 의사는 환자의 동생 테오에게 이 사실을 알린다. 평생 자신을 돌봐주고 이해해준 동생 품에서 화가는 숨을 거둔다. 7월 30일, 고흐의 고단했던 육신은 테오와 몇몇 지인이 지켜보는 가운데 오베르의 묘지에 묻혔다. 8월에 테오가 에밀 베르나르의 도움으로 몽마르트르에 있는 자신의 집에서 형의 추모전을 연다. '태양을 훔친 화가'라 불리는 네덜란드의 후기 인상파 화가, 불꽃처럼 격렬한 붓질로 눈부신 색채감을 표현했다. 이 화가는 서양미술사상 가장 위대한 화가 중 한 사람으로 꼽힌다.

이 책을 옮긴 신성림은 이화여대 철학과와 동 대학원을 졸업한 뒤, 프랑스로 건너가 파리 10대학 대학원 미학 전공 박사 과정을 수학했다. 논문으로는 「숭고의 미학과 예술」이 있고 지은 책으로는 『클림트, 황금빛 유혹』, 옮긴 책으로는 『반 고흐』,

『떠나지 않는 방랑자』, 『상징주의와 아르누보』 등
이 있다. 1969년 부산에서 태어났다. 서화에 관심
이 많은 부모님 덕택에 어려서부터 문학과 예술의
세계를 동경했다.

 1853년 3월 30일, 고흐는 네덜란드의 브라반트
북쪽에 위치한 작은 마을에서 엄격한 칼뱅파 목사
와 그림을 좋아했고 성품이 온화한 어머니 사이에
서 맏아들로 태어난다. 그는 어릴 때부터 그림에
관심이 있었던 것은 아니었다. 숙부 세 사람이 모
두 화상畵商인 인연으로 1869년 7월부터 유명한 미
술품 매매점인 구필(Goupil) 화랑의 수습사원으로
일하게 된다. 1875년 5월, 파리 본점으로 옮긴 고
흐는 성경을 탐독하게 되고 종교에 몰입하기 시작
한다. 미술품 거래를 혐오하게 되고 고객이나 동

료와도 사이가 나빠져 1876년 3월에 직장에서 해고되었다. 그 후로 기숙학교의 무보수 견습교사, 서점점원을 전전한다. 1877년 5월에 신학을 공부하기 위해 대학에 들어갔지만 신에 대한 이론학과 실제로 복음을 전파하려는 의지 사이에서 방황한다. 1878년 7월, 신학 공부를 그만둔 그는 평신도 전도사 자격으로 가난한 광부들에게 복음을 전하기 위해 벨기에의 탄광지역인 보리나주로 간다. 그의 지나치게 엄격한 태도와 광적인 신앙심은 교회 상부 인사들과 마찰을 빚게 되고 여러모로 힘겨운 생활을 하다가 결국 그만두게 된다.

1879년 여름, 26세의 고흐는 그림을 배우기에는 늦은 감이 있지만 그림 공부에 관심을 갖게 된다. 화상을 하는 동생 테오에게 데생 기법에 대한 책과 물감을 보내달라고 부탁한다. 그가 전업 화가의 길을 선택했을 때, 테오는 형의 미학적 창조성을 신뢰하며 경제적인 지원을 약속한다. 1872년부터 동생 테오에게 편지를 보내면서 평생에 걸친 편지 왕래가 시작된다. 편지 왕래는 몇 차례나 끊어지기도 했지만 고흐가 테오에게 보낸 편지는 668통이나 된다. 이 책은 서간 문학이기도 하다. 그는 독서광이었다. 독서에 대한 열정으로 정신을 고양하고 예술을 탐구했다. 고흐는 진지하게 독서에 몰입했다. 성경, 쥘 미슐레의 『프랑스 혁명』 셰익스피어와 빅토르 위고의 책들, 디킨스와 샬롯 브론테, 고대 그리스의 비극 작가인 아이스킬로스 외에도 고전적인 여러 작가들, 마이너 계열의 위대한 거장들의 작품들이 포함되어 있다. 셰익스피

어 안에 렘브란트가 있고, 미슐레 안에 코레조가,
빅토르 위고 안에 들라크루아가 있다고 보았다.
복음 속에 렘브란트가 있고 렘브란트 안에 복음이
있다고 했다. 비교 대상을 독창적인 사람들의 장
점 속에서 찾아야 한다고 편지에 쓰고 있다.

거의 독학에 가까운 그림 공부를 하고 있을 때,
그에게 스승이 나타났다. 안톤 모베. 당시 모베는
네덜란드 헤이그 화파의 거장이었다. 고흐와는 외
사촌 자형으로 고흐에게 수채화와 인물 소묘를 비
롯한 그림의 기초 지식을 가르쳐 주었고 고흐에게
유화를 그리라는 충고를 해주었다고 한다. 얼마
후, 모베는 고흐와 결별한다. 문제는 시엔이라고
불려지는 여자 때문이다. 시엔은 매춘부였고 딸
이 한 명 있었으며 임신하고 있었다. 고흐는 시엔

과 결혼하겠다고 했지만 집안의 모든 식구들이 고흐를 말린다. 결국 고흐가 시엔을 계속 고집하자 모베는 고흐로부터 등을 돌린다. 모베가 고흐에게 준 그림에 대한 영향은 컸다. 고흐의 초기 작품에는 모베의 영향이 많이 남아 있다고 한다. 이와 함께 알프레드 상시에가 쓴 밀레의 전기를 읽고 깊은 감명을 받아 농촌생활을 그리는 화가가 되겠다고 결심한다. 그는 죽는 날까지 밀레의 전기를 진정한 예술의 길잡이로 여겼다.

"위험의 한가운데에 안전한 곳이 있는 법이지. 우리에게 뭔가 시도할 용기가 없다면 삶이 도대체 무슨 의미가 있겠니?"

– p.44

"예절과 교양을 숭배하는 너희 신사들에게 물어보고 싶구나. 한 여자를 저버리는 일과 버림받은 여자를 돌보는 일 중 어떤 쪽이 더 교양 있고 더 자상하고 더 남자다운 자세냐? 지난겨울, 임신한 한 여자를 알게 되었다. 남자한테서 버림받은 여자지. 겨울에 길을 헤매고 있는 임신한 여자……"

― p.53

'나도 뭔가 좋은 일을 하고 싶다'라고 바라지만 하는 일마다 좌절당하면서 자신이 무가치한 인간이라는 생각을 굳혀가던 고흐에겐 자신을 필요로 하는 존재를 발견했던 것이다. 고흐는 시엔이 사회의 희생물이라고 측은히 여기면서 데려와 모델로 쓰면서 20개월 동안 동거한다. 석판화「슬픔」의 모델이다.

고독한 삶을 살았던 고흐는 편지를 통해 자신이 하고 싶은 온갖 이야기를 여과 없이 토해냈다. 그런 이유로 이 편지는 그의 삶을 이해하는데 필수적일 뿐만 아니라 그 자체로 세계문학사에 길이 남을 서간 문학이라는 평을 받고 있는 것이다. 고흐는 편지에서 자신의 삶을 진솔하게 이야기했다.

그가 살았던 네덜란드의 브라반트, 헤이그, 누에넨, 벨기에의 앤트워프, 프랑스의 아를, 생레미, 오베르 등지에서의 생활이 어땠는지를 우리는 생생하게 알 수 있다. 아를에서 고갱과 화가공동체 생활을 하다가 서로의 예술관 차이로 파탄이 난 일, 생레미 정신병원에서의 투병, 테오의 결혼과 조카의 출생을 축하하면서도 동생의 관심과 지원이 언제 끊어질지도 모른다는 불안감, 오베르

마을에서의 고통과 광기 등으로 이어진다, 그러니 고흐가 쓴 편지는 그의 일기이며 자서전이자 연대기라고도 할 수 있다. 고흐의 편지에는 수많은 그림이 들어있다. 멋있는 글과 함께 연필과 펜으로 그린 소묘를 남겼다, 그는 모국어인 네덜란드어를 포함하여 영어와 불어, 독일어를 자유롭게 사용했다, 고흐의 편지는 근대 고백문학의 걸작이다.

실제로 고흐의 진본을 본 적은 없다. 고흐라는 인물은 나의 청소년기 이후 줄곧 관심이 가는 인물이었다. 잘 알고 있다고 생각하면서도 잘 몰랐던 존재. 어느새 고흐가 살았던 시간을 두 배나 가깝게 소비했다. 생활의 협박에 시달리면서도 그의 그림과 편지는 한 인간이 별이 될 수 있음을 보여준 책이다. 책을 읽는 동안 행복한 부끄러움이 황금빛 해

바라기로 피어났다. 그의 치열한 정신을 훔치고 싶다. '진정한 화가는 캔버스를 두려워하지 않는다.' 내 삶에 대입해 본다. 이 책을 통해 고흐는 독자에게 말을 걸어 올 것이다. 지상의 아름다움을 통하지 않고서는 천상으로 오르는 층계에는 닿지 못하는 법이거늘. 새삼 깨닫는다. 깨닫는 자에게 복이 있나니, 하늘을 바라보는 평수가 넓어질 것이니. 고흐의 아름다움과 소통하는 밤이다.

나와 내 이웃의 사실화

『공무도하』, 김훈, 문학동네, 2009

김정숙

> 님아 강을 건너지 말랬어도
> 기어이 건너려다 빠져 죽으니
> 어찌하랴 님을 어찌하랴
>
> — 여옥의 노래

 강을 건너는 것은 죽음에 닿는 길이라는 것을 의미하는 「공무도하가」는 봉두난발의 백수광부가 강을 건너려다 죽었고, 그에 대한 탄식을 여옥이라는 여인이 애타게 노래하고 있다. 그 여인에게 강이라는 것은 죽음과 삶을 나누는 경계와도 같았을 것이고, 현실의 우리도 어쩌면 그 경계 속에서 살아가고 있는지 모른다.

이야기는 해망과 창야라는 가상의 시골을 배경으로 전개된다. 작가가 그리고 있는 시골의 모습은 삶과 죽음의 경계가 모호한 곳이고 그 모든 것들이 담겨있는 곳과 같다는 생각이 든다. 뉴질랜드에서 날아오는 철새들이 잠시 쉬어가는 경유지로서의 용도가 비유적으로 나타나 있다. 타인의 죽음으로 해망에 들어왔고, 죽어서 나가거나 죽음과 연관되면서 그곳을 떠나게 되는 유랑민들의 모습은 삶과 죽음의 경계를 살아가는 인간의 모습과도 같다. 해망의 강한 붉은 빛의 노을은 삶과 죽음의 경계를 자연경관에 빗대어 있는 것이 아닌가 하는 생각이 들기도 한다. 주인공 문정수는 모 신문사 사회부 기자이다. 이곳 해망에서 군대생활을 했고 무장간첩의 죽음을 목격했다. 다시 해망을 찾게 된 이유는 애지중지 키우던 '날개'라는 개에게 물려 죽은 아이 엄마의 고향이 해망이라는 곳이었고 소년의 엄마를 취재하라는 상부의 명령이 있었기 때문이다. 해망은 미군 공여지로서 미군 전투기들의 사격 훈련으로 그들의 포탄이 근처에 보이는 뱀섬으로 떨어지는 곳이기도 했다. 그곳을 넘나드는 이들의 삶과 죽음만이 아니라 그 지역 자체가 수년 간의 폭격과 그 이후 간척과 개발이라는 미명하에 죽어가고 있는 곳이기도 하다. 소설 속의 해망은 바로 우리가 발 딛고 사는 땅과 다르지 않다.

김훈의 장편소설『공무도하』는 이야기 속에 등장하는 인물들의 이야기를 별다른 장치 없이 종합적으로 결합해 전개시켜 간다는 데 있다. 화재가 발생한 캐피털백화점 진화 작업 중 보석을 방열복 사이에 챙긴 후 지긋지긋한 소방관 생활을 그만두고 해망으로 들어온 박옥철, 고향인 창야에서 노학연대 활동을 하다가 경찰에 검거된 후, 배신자라는 오명을 쓰고 해망으로 떠밀려온 장철수, 가족같이 키우던 개에게 물려 죽은 아이의 엄마인 오금자, 베트남에서 국제결혼으로 한국으로 넘어왔다가 가출하고 해망에서 물일로 정착하게 된 후에, 고등학생인 방미호가 공사 중인 중장비에 압사한 보상금으로 농협의 빚을 일시불로 갚고 해망을 떠나는 그녀의 아버지 방천석의 삶은 구질구질하고 초라하다. 인간존재의 가벼움과 남루함이 생생하게 드러난다. 이 소설은 살아서 호흡하며 죽지 않고 살아가는 인간들이 삶의 현장에서 부르는 성가이자 지지리 궁상이 이 책의 축이다.

작가가 '강을 건너지 마라'는『공무도하』의 제목을 단 것은 어쩌면 이들 다섯 인물처럼 살아가는 현실의 인간들에게 삶의 안쪽으로 더 깊이 들어오기를 촉구하고 있다는 생각이 든다. 삶과 죽음이 인간의 의지로 될 수 있는 것은 아니지만 자꾸만 강 쪽으로 가고 있는 삶에 대한 불안감이 연민으로 작동되고 있다는 촉이 들게 한다. 개인으로서의 인간 모습에 집중하는 김훈의 소설은 인간에 대한 탐구와 고민이 크게 깃들어 있다는 인상을 받게 된다. 어떤 가치에 대한 작가의 정서나 입장을 내세우기보다는 있는 그대로의 인간 모습을 적나라하게 드러내는 진정성이 『공무도하』에서도 그대로 나타나고 있다. 강의 건너편으로 건너가지 못한 강의 이쪽 사람들의 이야기라고 작가가 표현한 것처럼 작가는 삶과 죽음에 대한 가치 판단을 하고 있지 않다. 죽음이 그리 슬픈 것도 아니고 살아있는 것 자체가 그리 좋아보이지도 않는다. 살 곳을 잃어버린 갯장어가 아스팔트를 넘어가는 장면은 삶과 죽음의 경계를 살아가는 인간의 군상을 비유적으로 표현하고 있다. 신문지면에 꺼내놓지 않으면서 그것이 더 진실된 것이라고 믿는 정수의 모습에서 작가의 고민을 그대로 볼 수 있는 듯하다.

우리 시대의 대표 소설가인 김훈. 자신을 산악

인, 또는 자전거 레이서라고 소개하기를 즐긴다. 그의 소설 『칼의 노래』, 『남한산성』, 『자전거 여행』을 재미와 함께 꽤나 감명 깊게 읽었기에 기대감으로 책을 펼쳤다. 불혹을 훨씬 넘긴 나이에 새로운 길에 도전하여 2001년 동인 문학상을 시작으로 각종 문학상을 휩쓴다. 『공무도하』는 전직인 기자로서 본 것들을 작가의 마음으로 풀어쓴 사건 해설서이다. 소설의 배경이 되는 해망과 챵야에서 벌어지는 인간들의 삶은

'비루하고, 치사하고, 던적스러웠다'

– p.35

작가는 인간 삶의 진면목을 담담하게 진술하며

낱낱이 까발린다. 작가의 글에서 진한 연대감과 공통분모를 느낀다. 육하원칙에 의해 메모해둔 취재 수첩을 모자이크처럼 잇고 배열한다. 인간의 왜소한 존재감과 삶의 물질성에 대해 있는 그대로의 날것을 보여준다. 낭만이나 이상으로 쓸데없이 부풀리는 속임수를 쓰지 않는 그의 문체가 좋다. 인간은 아름다운 존엄과 함께 야만과 비루함도 함께 갖고 있는 존재이다. 동전의 양면과 같다. 그러나 우리 모두 그렇게 살아가기에 외롭지 않다. 우리 삶은 비루하고 치사하기에 존재감을 가진다. 남루한 동물의 몸을 지닌 인간이다. 던적스럽지만 사흘을 굶어 보면 인간은 야수로 변한다.

김훈의 『공무도하』는 자칫 지루해질 가능성이 크다. 글은 건조하고 사건은 평이한데다가 독자의 감정이입이 쉽게 오지 않는다. 참을성이 없는 독자는 작가에게 실망할 수도 있겠다. 건조하고 관조적인 시선은 책을 중간에 덮을 위험성이 크다. 그러나 소설의 생체 리듬을 독자가 타기 시작하고 활자 밖의 행간을 읽으며 작가의 생각을 따라가다 보면, 꽤나 매력적인 소설을 읽었다는 자부심을 덤으로 받게 된다. 인내한 독자는 풍성한 전리품을 획득한다. 당연한 이치이다. 불편한 독서의 임계치를 넘어서면 작가의 의중과 만나는 지번을 확인하게 된다. 작가를 믿고 읽었다. 김훈에게 걸었던 내 믿음으로 행복했다. 일상의 고단함과 밥벌이의 숭고함을 귀하게 받든다. 작중인물인 장철수의 안쓰러운 뒷모습이 따스한 인간의 존엄으로 승화되는 여운을 맛보게 된다.

생명은 자라고 싶다

『나는 나』, 가네코 후미코,
조정민 옮김, 산지니, 2012

김준현

가네코 후미코, 작년 여름 개봉한 영화 〈박열〉
의 여자 주인공이다. 영화에서 가네코는 생기 있
고 발랄하다. 현실의 그녀는 어떤 인물일까?

『나는 나』(원제:무엇이 나를 이렇게 만들었는가)는 가네코
가 옥중에서 쓴 수기다. 1923년 관동대지진이 일
어난 후, 가네코는 '보호검속' 명분으로 구속된다.

예심판사 '다테마쓰'의 명령에 따라 자신의 과거와 경력을 기록한 이 책은 성장 과정을 따라 '제1부 어린 시절, 제2부 조선, 제3부 다시 고향으로, 제4부 독립'으로 엮었다.

가네코는 이 수기를 동지 '구리하라 가즈오'에게 맡기면서 '사실의 기록'답게 더하거나 뺌 없이 있는 그대로 출판해 주기를 부탁한다. 구리하라 가즈오는 가네코의 수기를 1931년 출판한다. 책 앞부분과 뒷부분에 간혹 삭제된 구절이 보이는데 일제 내무성 검열에 지적된 부분이거나 출판사 자체 검열 때 지운 것으로 판단한다.

1903년에 태어나서 1926년에 생生을 마감했으니 이십삼 년, 길지 않은 가네코의 삶을 따라가 보자. 한량인 아버지는 가네코가 일곱 살 때 아내와 딸을 버린다. 가네코의 어머니는 변변찮은 인물들과 재혼을 거듭하지만 갖은 고생을 하며 근근이 목숨을 이어나갈 뿐 삶은 더 비참해진다. 가네코는 조선에 살던 할머니의 감언이설에 속아 충청북도 부강으로 간다. 할머니의 말은 거짓이고 조선에서 모진 핍박을 받는다.

7년 후 고향으로 돌아왔지만, 이곳 친척들과 부모들은 한결같다. 지독하게 의지가 박약한 어머니, 게으름에 비열함까지 더한 아버지, 가네코를 자신의 아내로 삼으려는 외삼촌. 가네코가 바라본 이곳은 '지옥'이다. "나의 불행은 태어나면서부터 시작되었다. 요코하마에서, 야마나시에서, 조선에서, 하마마쓰에서, 나는 줄곧 학대당했다. 나는 '자신'이라는 것을 가질 수 없었다." 가네코가 인식한 자기 삶이다.

  열일곱 살 봄, 가네코는 자신의 '생명'을 펼치기 위해 도쿄로 간다. 신문팔이, 가루비누 노점상을 전전하지만 굶주림은 계속된다. 힘을 가진 자들에 대해 마음속 깊이 반감을 품고 있던 그녀는 자신과 같은 처지에 있는 사람을 진심으로 동정한다. 사회주의 사상은 가네코의 반항심과 동정심에 불을 붙였다. 친구 '니야마 하쓰요'의 영향으로 슈티르너, 미하일 아르치바셰프, 니체, 베르그송, 스펜서, 헤겔 같은 사상가들을 알게 된다.

  우연히 찾아간 동지의 하숙집에서 '박열'이 쓴 시를 읽은 가네코는 삶의 목표와 방향을 드디어 찾는다. "그렇다. 내가 찾고 있는 것, 내가 하고 싶어 하는 일, 그것이 그의 안에 있다. 그것이야말로 내가 찾던 것이다." 가네코가 바라본 박열은 자신만의 길을 가는 인물이다. 두 사람은 개척해야 할 길에 대해 옅은 희망을 품고 미래를 이야기한다. 기록은 여기까지다.

가네코는 1923년 구속된 후, 대역죄 및 폭발물 취급벌칙 죄로 기소되고 사형선고를 받는다. 후에 무기징역으로 감형 받지만, 복역 중 1926년 7월 23일 우쓰노미야 형무소에서 자살했다고 알려진다.

"나 자신을 위한 진정한 만족과 자유를 얻어야 하지 않겠는가. 나는 나 자신이어야만 한다."며 그토록 자신만의 삶을 원했던 가네코는 왜 자기 삶을 온전히 살지 못했나? 무엇이 스스로 뜻을 세워 자신의 생활을 개척하려는 청춘을 죽음에 이르도록 했을까? "나는 더 많은 세상의 부모들이 이 수기를 읽어주었으면 한다. 아니, 부모들뿐만 아니라, 더 좋은 사회를 만들고자 하는 교육가, 정치가, 사회사상가 모두가 읽어주었으면 한다." 책의 머리말에 쓴 가네코의 바람이다. 여기에서 답을 찾는다. 또한 '무엇을 하고 어떻게 살 것인가'를 고민하는 독자에게 『나는 나』를 추천하는 이유다.

　함께 읽기 좋은 책으로 『아리랑』(님 웨일즈, 김산 지음, 송영인 옮김)을 권한다. 숨 가쁘게 돌아가는 20세기 초 동북아시아, 혼란한 시대를 꿋꿋하게 살다 간 혁명가 김산(본명:장지락)의 이야기다. 자기 삶에 뜻을 세우고 나아가려는 독자는 김산을 만나 보시라.

우리도 어디선가는 이방인이다

『쓰엉』, 서성란, 산지니, 2016

배 태 만

인간의 오랜 기억 한편에는 이방인은 위험하다는 신호가 저장되어 있는지도 모른다. 『쓰엉』은 한국의 시골마을로 시집와서 어려운 시집살이와 낯선 환경에 적응하며 살아가던 베트남 여자 쓰엉과 어린 시절에 매혹된 여인의 아름다움을 글로써 완성시켜보려는 외지인 여자 이령에게 닥치는 사건을 삼인칭 다중시점으로 서술한 내용이다.

'흑갈색 눈동자와 검은 피부의 베트남 여자' 쓰엉이 꿈을 품고 한국에 와서 김종태와 결혼해서 살고 있지만, 상상했던 결혼 생활과 달리 시어머니와의 갈등이 날로 커지며 결국 파국을 맞게 되는 과정을 그린다. 또한 어릴 적 만났던 여인에 매혹되었던 경험을 글쓰기를 통해 구현하려는 소설가 이령과 그것을 자신만의 일방적 방식으로 도와주려 한 문학평론가 장규완을 통해 진정한 사랑을 무엇인가를 생각하게 한다.

전개 방식은 사고로 기억을 잃어버린 이령이라는 인물이 자신의 기억을 찾아가는 과정에서 쓰엉이라는 여성의 삶을 복원해가는 내용으로 이루어진다. 초반에는 이령이라는 인물과 이령의 가족사에 대한 이야기가 많은 비중을 차지하며 이 소설의 구조적 바탕이 된다. 이령이 지워져 버린 기억을 문질러 조금씩 되살려 내며 전체적인 퍼즐 그림을 완성하는 구조이다. 등장인물들은 처음에는 익명으로 나타나다가 점차 실명을 드러내며 가깝게 다가온다는 점이 특이하다.

저자인 서성란은 1967년 익산 출생으로 국어국문학을 전공하고 1996년 중편소설 「할머니의 평화」로 실천문학 신인상을 받고 등단했다. 이 책의 마지막에 있는 '작가의 말'에 「파프리카」의 츄엔, 그녀는 쓰엉이 되어 내게로 왔다.'고 쓰고 있듯이 이 소설을 쓰기 전에도 베트남 여성에 대해 관심을 가졌다.

육체적 매혹과 언어의 아름다움

이령은 어린 시절 집에 갑자기 어린 아이와 함께 나타나 안방을 차지한 여인의 아름다움에 매혹된 이후 일시적인 아름다움이 아닌 영원한 아름다움을 글로써 표현해보고 싶은 욕망에 작가가 되기로 결심하게 된다. 글쓰기만으로는 생계가 어려워지고 반지하 셋방에 있는 앉은뱅이책상에서 육체의 욕망을 풀어내듯 글쓰기에 몰두하다가 문학평론가인 장규완과 만나 사랑을 나누게 된다. 장규완은 이령의 글쓰기를 위해 한적한 시골에 외딴집을 짓고 거기에서 함께 생활하지만 의도하지 않은 불행이 찾아온다.

'글쓰기는 아름다움을 향한 동경과 갈망에서 시작되었

다. 이령은 오래전 한 여자의 아름다움에 매혹당했다. (중략) 실체가 사라지고 이미지로 남은 아름다움을 담을 수 있는 그릇은 언어였다. 언어가 만들어내는 세계는 변색하고 사멸하는 유한한 육체의 아름다움과 비교할 수 없었다.'

– p.102

'그녀는 본성을 거스르지 않는, 도덕이나 윤리에 구애되지 않는 무방비 상태의 순수함을 아름다움이라고 했다.'

– p.177

받아들여지지 못한 이방인과 외지인

이 소설에서 전체 흐름을 좌우하는 중심적인 두 여자가 등장한다. 도시에서 시골마을로 이사 온 외지인 여자 이령과 베트남에서 한국으로 시집온 이방인 여자 쓰엉이다. 둘 다 토박이로 이루어진 공동체에 받아들여지지 못한 타자로 남아있다는 점에서 같은 처지이다. 토박이에게는 나의 영역을 파고든 이방인이고 침입자로 여겨지는 상황에서 공동체에 무지와 무관심으로 일관하다 사고를 유발하게 되는 흐름은 안타까움을 자아낸다. 시골마을에 빠르게 적응해 한국음식도 잘하게 되었지만 대를 이을 아들을 낳지 못하게 되면서 시댁에 받아들여지지 못하는 모습은 왠지 우리의 잘못된 고정관념에서 비롯된 것은 아닌지 되돌아보게 한다.

'쓰엉의 남편은 외딴집 부부를 좋아하지 않았다. 이방인이고 침입자인 그들은 눈엣가시였다. 땅을 사서 집을 지었다고 해서 마을 사람이 될 수는 없었다.'

– p.96

'그들 부부는 단순히 외지 사람이 아니었다. 그는 허락도 없이 남의 땅에 들어와서 활개 치는 두 사람을 응징해서 쫓아내는 것이 토박이로서 권리이며 의무라고 떠들어댔다.'

– p.154

주체적인 여성과 나약한 남성

쓰엉은 우리가 보통 생각하는 동정의 대상인 이주여성의 전형적 모습이 아니라 주체적으로 자기의 삶을 개척하려는 도전적인 모습의 여성으로 그려지고 있다. 쓰엉은 견디기 힘든 시집살이를 굳굳하게 견디며 나름대로 삶의 활로를 현실적으로 찾고 있다. 반면에 이령의 남자인 장과 쓰엉의 남편인 박종태로 대표되는 남성은 의존적이거나 폭력적인 모습으로 그려진다.

'마을 밖이 화려하지도 안전하지도 않다는 사실을 쓰엉은 알고 있었다. 고향을 떠나올 때 상상했던 모든 것이 신기루에 불과하다는 사실을 모르지 않았다. 그녀는 달아나지 않고 떠나야 했다. 남편을 향한 연민과 증오를 떨쳐버리고 노를 저어서 세상으로 나가야 했다.'

— p.83

'가난에서 벗어날 수 없는, 손금을 읽듯 빤히 읽히는 삶을 벗어나려면 위험을 무릅써야 한다는 것을 여자는 알고 있었다. 여자는 운명에 순응하는 삶을 원하지 않았다.'

— p.265

오해에서 비롯된 미움과 분노

쓰엉의 남편 박종태는 뜻하지 않은 화재로 자신이 삶의 터전인 집과 버섯사육사, 그리고 어머니

마저 잃고 실의에 빠져 술로 나날을 보내며 아내인 쓰엉을 불행의 원인으로 여기며 폭력적으로 대하게 된다. 마침내는 쓰엉이 동경하던 외지인의 집에 방화하고 아무것도 모르는 쓰엉을 범인으로 지목하여 경찰에 넘긴다. 이런 미움과 분노를 증폭시키는 데는 말과 소통의 부재가 큰 역할을 한다. 쓰엉은 시어머니와 남편의 폭력에도 침묵과 도피로 일관하며, 사고를 당한 이후 이령은 말문을 닫아버리며 세상과 거리를 두려고 한다.

한편, 이 소설에서 낯선 사람이 서로에게 친밀하게 다가가는 도구로 따뜻한 차가 여러 번 등장한다. 이령이 장에게, 장이 쓰엉에게 따뜻한 차를 내밀며 다가간다. 저자는 이러한 따뜻한 관심으로 서로에게 다가가기를 원하고 있는 것 같다.

'넘칠 듯 가득 담긴 차를 마시자 한기가 사라졌고 그는 오래전부터 알고 있었던 것처럼 이령이 친근하고 가깝게 느껴졌다.'

- p.66

'따뜻한 차 한 잔으로 추위를 녹이는 동안 여자는 장의 손님이었다.(중략) 그가 찻잔을 집어서 여자에게 건넸다. 유자차는 달고 뜨거웠다. 그는 서두르지 않고 천천히, 흑갈색 눈동자를 반짝거리면서 입으로 찻잔을 가져가는 여자를 가만히 바라보았다.'

- p.211

더 나은 공동체를 위하여

쓰엉은 시어머니와 남편의 폭력으로부터 박씨 할머니 댁으로 도피하고, 갑자기 사고로 기억을 잃어버린 이령은 어두운 다락방으로 숨어드는 것처럼 우리 현대인들은 현실에서 벗어나 각자 숨을 곳이 필요한지 모른다. 그러나 어려운 현실로부터 도피하면 할수록 문제 해결을 더욱 어렵게 한다는 것을 이 소설이 은연 중에 이야기 해주고 있는지도 모른다.

각자에게 닥쳐온 어려움에 직면하여 자기성찰 없이 타자에게 잘못을 떠넘기는 소설 속 인물들을 보며 좀 더 나은 공동체를 위해서 과연 무엇을 해야 할 지를 고심하게 된다.

죽음보다 먼저 다가오는 절망감을 털어내고

『갈매기에게 나는 법을 가르쳐준 고양이』,
루이스 세뿔베다, 바다출판사, 2000

서미지

『갈매기에게 나는 법을 가르쳐준 고양이』는
1999년 중앙일보에서 선정한 '떠오르는 밀레니엄
작가 20인' 중 유일한 라틴아메리카의 작가였던
루이스 세풀베다의 작품이다. 아이들에게 '인간이
자연을 훼손함으로써 빚어지는 폐해'를 이야기해
주려고 지었다고 하니, 존경받는 환경작가, '행동

하는 지성'으로 불릴 만하다. 이 작품에서도 인간의 무지가 불러오는 환경오염과 국가 또는 집단이 파괴하는 질서를 간결하고 힘 있는 어조로 비판하고 있다.

은빛 날개를 가진 암컷 갈매기 켕가는 어떤 위험 속에서도 알을 품고 키우는 꿈을 안고 비행 중이었다. 먹이를 잡으려다 '바다의 재앙 덩어리' 검은 기름을 뒤집어쓴 채 죽음을 기다리게 된다. 대형 유조선들이 버린 독한 유해 물질들 사이에서 둥둥 떠다니다 꽁지깃의 기름을 겨우 닦아내고 간신히 날아오른다. 이런 불상사만 생기지 않았더라면 네덜란드에서 스페인 북부까지의 길고 먼 여행의 끝은 알에서 나온 새끼에게 나는 법을 가르치는 것이 되었을 것이다.

항구의 검은 고양이 소르바스는 발코니에서 일광욕을 즐기고 있었다. 검은 기름을 뒤집어 쓴 갈매기가 소르바스 앞에 떨어지고, 갈매기가 죽기 전세 가지 약속을 하게 된다. 갈매기의 알을 먹지 않고, 새끼가 태어날 때까지 알을 보호하고, 새끼 갈매기에게 나는 법을 가르쳐 줄 것. 소르바스는 이 약속을 지키기 위해서 알을 품고, 부화한 새끼 갈매기의 엄마가 되어 준다. 또 새끼 갈매기 '아포르뚜나다'에게 나는 법을 가르치기 위해 온갖 노력을 다한다.

"우린 우리와는 다른 존재를 사랑하고 존중하며 아낄 수 있다는 사실을 배웠지. 우리와 같은 존재들을 받아들이고 사랑한다는 것은 아주 쉬운 일이야. 하지만 다른 존재를 사랑하고 인정한다는 것은 쉬운 일이 아니지. 그런데 너는 그것을 깨닫게 했어. 너는 갈매기야. 그러니 갈매기들의 운명을 따라야지. 너는 하늘을 날아야 해. 아포르뚜나다, 네가 날 수 있을 때, 너는 진정한 행복을 느낄 수 있을 거야."

– p.84~85

"됐어, 우린 드디어 해낸 거야!" 돌멩이처럼 떨어지던 아기 갈매기가 날개를 펴고 날아오르자, 항구의 네 마리 고양이들은 눈물을 흘렸다. 몸집이 큰 검은 고양이 소르바스, 고양이들의 조언자 꼴로네요, 백과사전 사블레또도, 충직한 행동대장 세끄레따리오. 아기 갈매기를 통해 다른 존재를 받아들이고 사랑하는 법을 배우게 된 그들은 어미 갈매기와의 약속을 지킨 숭고한 마음씨의 고양이들이기도 하다.

죽음이란 종착지만 알 뿐, 언제 어디에서 어떻게 죽을지 아무것도 알 수 없다. 다만, 죽음의 순간이 머지않았을 때 조금의 선택의 기회가 있을지도 모르겠다. 어떻게 죽을 것인가? 죽음을 그저 기다릴 것인가? 아니면 마지막 숨을 모아 죽음보다 먼저 다가오는 절망감을 털어내고 마지막 희망에 몸을 던져볼 것인가? 혹은 누군가 죽음 직전 자신의 전부를 던지며 눈앞에서 죽어갈 때, 이생에서의 마지막 부탁을 듣는다면 나는 과연 숭고한 선택을 할 수 있을까….

계절이 서성이며 머물다 가는 그곳,
구멍가게

『동전 하나로도 행복했던 구멍가게의 날들』
이미경, 남해의 봄날, 2017

신복순

그냥 책 아무 쪽이나 펼쳐도 섬세한 펜화의 아름다운 구멍가게가 가슴을 설레게 한다. 무엇보다 그림이 아름다운 책이다. 글과 그림을 그린 저자는 20년 동안이나 전국을 돌며 구멍가게를 찾아 화폭에 담았다고 한다. 구멍가게에는 봄이 오고, 여름이 오고, 가을이 오고 겨울이 온다. 그림만 아름다운 게 아니다. 글도 시처럼 적어 놨다. 멋진 그림과 걸맞게.

소장가치가 높은 책이라는 출판사의 설명이 있기도 하지만, 문득 어린 나를 만나고 싶거나 뭔가가 그리울 때 책을 꺼내서 펼쳐보면 드르륵 문을 열고 들어가고 싶은 구멍가게와 화사한 꽃이 만발한 나무가 서 있는, 어쩌면 그곳에는 동심에 잠긴 자기 자신이 보일 것이다.

그동안 인연이 된 여러 구멍가게의 그림, 그리고 그 이야기들을 풀어놓으려 한다. 내 기억 속에 빼곡히 저장해 두었던 이야기를 나와 함께 오늘을 살아가는 이들과 나누며 공감하고 추억하고 싶다. 이제는 전설이 된 가게들을 소개하는 것은 더 늦기 전에 우리와 한 시대를 더불어 살았던 소소

하고 소박한 존재들과 눈빛을 나눌 기회를 놓치지
말라는 작은 속삭임이기도 하다.

> 우리 주위에 늘 함께해서 낯익은 것에 눈을 돌리자. 함
> 께한 시간만큼 마모되고 둥글어진 모서리에서 그 어떤
> 것으로도 바꿀 수 없는 아름다움과 가치를 발견할지도
> 모른다. 가만히 들여다보면 거기엔 시간의 흔적이 있고
> 따스함이 있다. 기억 속 한구석에 자리하고 있던 구멍
> 가게로 가는 길, 모퉁이를 돌면 그곳에는 소박하고 정
> 겨운 행복이 있다.
>
> – p.7

저자는 이 책이 기억 속 구멍가게로 가는 길이라
고 프롤로그에서 밝히고 있다.
유년 시절 가장 즐거운 기억이 구멍가게에 숨어
있고 친구들과 어울려 놀며 달고나 해 먹던 추억

과 가게 앞에서 맘껏 뛰놀던 행복이 고스란히 책
속에 담겨 있다.

 그건 저자만이 갖고 있는 것이 아니라 모두의 기
억 속에 저장되어 있는 것이리라.

 옥기상회 감나무가게 만세상회 마음슈퍼 풍년슈
퍼 등나무 수퍼 장자상회… 이름만으로도 정겹다.
가게 이름은 아내의 이름을 따서 짓기도 했고 가
게 앞에 버티고 서 있는 나무를 보고 짓기도 하였
을 것이다.

 저자는 구멍가게를 그릴 때 꼭 나무를 함께 그린
다고 하였다. 그래서 나무와 어우러진 구멍가게가
동화 속의 집처럼 예뻐 보인다. 이 책에 나오는 구
멍가게는 계절마다 그 모습을 달리한다. 봄이 오
면 눈이 부시게 화사한 벚꽃나무와 함께하고, 여

름이 되면 초록물이 뚝뚝 떨어질 것만 같은 버드
나무와 함께, 가을이면 바람결에 우수수 잎을 떨
어뜨리는 노란 은행나무와 함께, 그리고 겨울이
면 가지마다 하얗게 눈을 소담하게 얹은 겨울나무
와 함께 그려 놓았다. 사람이 만든 작은 집에 들
어앉은 구멍가게와 자연이 만든 아름다운 큰 나무
가 조화를 잘 이루고 있다. 글도 좋지만 그림이 더
많은 것을 품고 있다. 저자는 마음을 끄는 구멍가
게를 만나면 가던 길을 멈추고 차를 되돌려서라도
다시 찾아가기도 하고, 낮에 스케치하고 사진을
충분히 찍었더라도 별빛 속에 비치는 또 다른 가
게 모습을 보기 위해 기꺼이 밤까지 기다리는 수
고로움도 마다하지 않는다. 전국 방방곡곡을 헤매
는 20년의 세월과 가는 선을 한 획 한 획 겹쳐 정

성을 들여 완성하는 세밀한 펜화와 저자가 바라보
는 여린 감성과 열정까지 모두 녹아 있는 책이다.
평온하고 따뜻한, 수평을 지향하는 마음을 그림에
담는다. 주제가 되는 이미지를 중앙에 떡 하니 배
치해 자리를 잡고 그와 함께하는 사물로 아기자기
하게 화면을 구성한다. 날카로운 선의 촘촘한 중
첩 속에 하나의 형상이 모습을 드러내고 하얗게
남겨진 배경과 조화를 이뤄 여백의 미와 정중동의
회화 원리를 표현한다. 몸을 낮추고 거센 비바람
과 혹한, 그리고 모진 세월에도 견디어 내는 구멍
가게는 작지만 단단하게 그린다.

어떤 사람들은 내게 말한다. 왜 작고 오래된 쇠
락하는 가게 풍경을 그리느냐고, 인류의 가치관을
대변할 좀 근사하고 웅장한 상징물을 그리라고 한

다. 기억의 향수에 머무는 게 무슨 의미가 있냐고
더 높이 수직을 보라 한다. 그렇지만 왕조의 유물,
역사에 기록된 위대한 상징물보다 나를 더 강렬히
잡아끄는 것은 보통의 삶에 깃든 소소한 이야기
다. 사람 냄새나고 매력 있게 다가온다.

> 수직에서 느껴지는 경쟁과 성공 지향의 이미지와 엄
> 숙함, 숭고함이 나는 낯설다. 그저 동시대의 소박한
> 일상이나 사람과 희망에 의지하여 오늘도 작업에 임
> 할 뿐이다. 정겨운 구멍가게, 엄마의 품, 반짇고리 같
> 이 잊고 있던 소중한 마음을 되돌아보게 하는 그림을
> 그리고 싶다.
> – p.138

저자 이미경 씨는 미대에서 서양화를 전공했다
고 한다. 어릴 적 꿈도 화가였고.

둘째 아이를 임신하고 입덧이 심해 퇴촌 관음리로 이사했는데 논과 밭 사이에 있는 주택에 살며 큰딸과 구멍가게를 즐겁게 드나들었다고 했다. 그곳에서 자연과 어우러진 한적한 풍경과 함께 유년기의 추억을 선사하는 구멍가게의 매력에 흠뻑 빠졌고 관음리 가게를 시작으로 오랫동안 구멍가게를 그리기 시작하였다고 한다.

20년 동안 그린 200여 점의 구멍가게 그림 중 80여 점을 엄선해 저자가 직접 쓴 글과 함께 엮어낸 책이다. 고향이 산으로 둘러싸인 두메산골이고 시골집의 추억을 많이 간직한 저자는 구멍가게를 보는 시선이 매우 따스하고 정겹다.

저자는 에필로그에서 구멍가게가 지난날의 그리움이나 고향 생각, 동심, 정겨운 이야기 등 향수를 품게 하지만 구멍가게를 단지 추억의 대상으로만 바라보지 않기를 바란다. 오늘날 우리 가까이 있는 무언가를 잃어버리지 않게 주위를 둘러보기를 저자는 원하는 것이다. 나직한 저자의 이야기가 여운을 남긴다.

아름답지만 가슴아픈
첫사랑에 대한 이야기

『내 친구 봉숙이』, 백승희, 학이사, 2016

신복순

　순수했던 어린 시절의 첫사랑에 관한 이야기이
다. 저자는 현직 의사이며 사회에서 소외된 사람
들을 위해 정기적으로 의료봉사활동을 하기도 하
고 젊은 예술인들을 후원하기도 하는 분이다. 이
책은 풋풋한 사랑을 그리기도 하지만 의외의 사건
전개로 흥미를 느끼게 해주기도 한다. 자전적인

소설이라 주인공의 친구인 봉숙이의 아픈 가정사가 슬프고 안타깝게 생각된다.

이야기는 주인공이 대구에서 살다가 아버지 직장이 경주로 발령이 나는 바람에 경주로 이사하게 되면서부터 시작된다. 막내아들이었던 주인공 승희가 전학 간 학교에서 봉숙이라는 여자아이를 만나게 된다. 한눈에 반한 봉숙이는 긴 생머리에 뽀얀 얼굴을 가진 예쁜 아이이다. 전학 오던 첫날 교실에서 어떤 사건이 일어나는데 봉숙이가 승희를 위해 나서서 해결해준다. 그 일로 둘은 급속히 친해진다.

그날 비를 맞으며 같이 시골길을 걷고, 봉숙이에게 빠진 승희에게 오히려 봉숙이가 기습 뽀뽀를 해 승희의 가슴을 설레게 만든다. 그런데 승희의 집에 놀러가서 둘은 태권도 대련을 하다 봉숙이의 발차기로 승희 대문니가 빠져버리는 사건이 발생한다. 이래저래 전학 첫날에 참 많은 일들이 있었다.

그 일이 있은 후 봉숙이는 죄책감과 마음의 부담으로 매일 수업 시작 전에 승희의 치아 상태를 살핀다. 책상에 앉게 하고 입을 벌려 이 틈새가 얼마나 좁아졌는지를 늘 살펴보는 것이다. 싸움대장이며 왈패 같은 봉숙이지만 따뜻한 마음을 지니고 있음을 알 수 있다. 둘은 항상 붙어 다니며 친하게 지내는데 다른 친구 몇 명과 함께 북한군이 파놓았다는 땅굴을 찾아 나선다. 애기청소라 불리는 그곳에서 나병환자들을 만나게 되고 두려움에 떠는 승희와 달리 봉숙이는 씩씩하면서도 고운 마음을 그들에게 보여준다. 이미 봉숙이는 일 년 전부터 그녀의 엄마랑 같이 나병환자들 심부름도 해주고 친하게 지내고 있었던 것이다.

승희의 첫사랑 봉숙이는 얼굴이 예쁘고 긴 생머리를 가진 건 맞지만 싸움도 잘하고 반에서는 대장 노릇을 하며 상당히 씩씩하고 겁이 없는, 승희를 보호해주는 성격의 소유자이다.

봉숙이도 승희를 많이 좋아해서 한 번도 친구들을 집으로 초대한 적이 없었는데 봄 소풍을 갔다 온 날 마침내 승희를 집으로 데려간다.

매번 이런저런 핑계를 대며 지금까지 한 번도 누군가를 초대해 본 적 없던 봉숙이가 승희에게 자신의 집에 놀러가자고 말하고 있는 순간.

'드디어 봉숙이의 집에 가 보는 구나…'

승희의 대답이 '그라자'인 것은 당연지사, 소풍이 끝난 후 둘은 봉숙의 집에 놀러 가기로 한다. 승희 어머니께서 싸 주신 김밥을 맛있게 먹은 봉숙이와 승희는 반 아이들과 어울려 황성공원에 흐르는 실개천에서 개구리도 잡고, 수건을 그물 삼아 피라미도 잡는다. 그리고 소나무에 덕지덕지 붙어 있는 송진도 먹어 본다. 이전에 자신이 다니던 대구의 초등학교에서는 한 번도 경험해보지 못했던 것들을 이곳 경주에서 마음껏 체험해보는 승희. 승희는 이곳 경주에서의 초등학교 생활이 진심으로 즐겁다. 물론 봉숙이라는 멋진 친구의 존재가 가장 큰 이유이긴 하지만.

– p.105

집으로 가기 전 봉숙이가 승희에게 슬픈 가정사를 모두 이야기한다. 봉숙이는 사실 숨기고 싶었을 것이다. 엄마가 술집에서 일하고 아버지는 가족들을 버리고 외국에서 다른 여자와 산다는 사실을 밝히고 싶었을까? 아무리 씩씩한 봉숙이지만 아직도 어린 봉숙이로서는 감당하기 어려운 힘든 환경들이었는데 정말 좋아하는 승희에게는 진실을 털어놓고 위로받고 싶어 그랬는지도 모른다.

봉숙이가 비밀이었던 가정사를 승희에게 이야기했던 그날 밤 엄청난 사건이 발생한다. 그때의 일은 저자가 지금 생각해도 몸서리쳐지는 무서운 기억이라고 했다.

봉숙이 엄마가 내림굿을 받았던 무당이었고 봉숙이 아버지의 마음을 돌리기 위해 어린 봉숙이에게도 내림굿을 받게 한 일이다. 그 과정을 지켜본 승희는 엄청난 충격을 받았고 잠자는 척했지만 생명의 위협을 느낀 어린 승희의 공포는 실로 상상하기 어려울 정도이다. 승희를 찾아 나섰던 승희

부모님의 도움으로 위기에서 벗어나게 되고 봉숙이 엄마는 경찰서로 연행된다. 안타깝게도 봉숙이 엄마는 경찰서에서 자살하고 우여곡절 끝에 봉숙이는 아버지가 계신 요르단으로 가게 된다.

이 책에서 봉숙이는 엄마의 죽음에 대해서는 모르는 걸로 되어 있고 에필로그에서 저자는 봉숙이와 반평생을 만나고 헤어짐을 반복한다고 했으니 이 봉숙이 이야기는 계속 이어질 것이라는 암시를 하고 있다. 이 이야기는 승희와 봉숙이와의 아름다운 사랑이야기이기도 하지만 어려운 환경을 갖고 있는 봉숙이가 씩씩하고 착한 마음으로 세상을 살아가는 이야기이기도 하다. 저자가 에필로그 말미에 독자들도 봉숙이 같은 친구 하나쯤은 가지길 바란다고 썼다.

이성 친구가 아니더라도 봉숙이처럼 씩씩하고 적극적이며 착하고 예쁜 친구를 사귄다면 그건 분명 부러운 일이다. 비록 슬픈 가정사가 가슴 아프게 느껴지지만 봉숙이라면 충분히 잘 이겨내고 멋진 삶을 살 것 같다는 생각이 든다.

아련한 첫사랑의 추억과 어렵고 힘든 현실 속에서 씩씩하고 당당하게 헤쳐 나가는 모습을 보여주는 봉숙이는, 승희에게 그야말로 따뜻함과 위안을 주는 영원한 친구일 것이다.

문학은 삶을 가꾸기 위한 날갯짓

『버림받은 성적표』
고등학생 81명, 보리, 2005

우남희

　시험으로부터 자유로운 부모가 몇이나 될까. 공부가 인생의 전부가 아니라고 말들은 하지만 그것에 초연할 부모는 많지 않을 것이다. 만족스런 결과가 나오지 않는다고 성적표를 찢으며 진로를 바꾸라는 말을 한 적은 없는지 이 책을 읽는 부모들이라면 한 번쯤 되돌아보지 않을까 싶다. 학생들에게는 공부가 일이다. 그렇다고 공부, 공부할 수만은 없다. 가끔은 책상에서 한 발 물러나 파란 하늘을 보며 사색에 잠기고, 땀이 나도록 운동장을 종횡무진 뛰어야 한다. 틀에 박힌 생활에서 벗어나 여행을 통해 힐링할 시간 또한 필요하다. 여기에 실린 작품은 아이들을 이해하는데 이만한 책이 있을까 싶을 정도로 아이들의 삶이 고스란히 녹아있다.

　아래 작품은 수업시간의 모습을 솔직하게 그렸다. 야간자습을 마치고 학원에 갔다가 0교시 수업을 해야 하느라 눈꼬리에 대롱대롱 매달린 잠을 붙들고 학교로 간다. 아이들이 집에서 편하게 잘 수 있어야 하는데 그렇질 못하니 수업시간에 잘 수밖에 없는 현실의 단면이다.

우리 교실 뒷자리에서/ 수업하다 아이들을 보면/ 등만
있고 목이 없다/ 목 없는 아이들이 불쌍하다.
－「목 없는 아이들」/ 부산고 윤세원

　작은 아이가 고등학생이었을 때 참관수업 갔던
날이 생각난다. 학부모 참관 수업이 있는 날이면
교무실에서는 자는 학생들이 없도록 지침을 내렸
을 것이다. 그럼에도 불구하고 오후 시간대라 그
런지 선생님 눈치도 보지 않고, 참관하는 학모를
의식하지 않고 하나 둘 엎드리기 시작하더니 절반
이상 엎드리는 게 아닌가. 아이들을 궁지로 몰아
넣는 우리나라 교육의 현실이 안타깝다는 생각만
들었다. 그들은 그야말로 '목 없는 아이들'이었다.

폐품 모으는 할머니를 만났다./ "할머니, 제가 도와드
릴까요?"/ 젊은 총각, 고마워."/ 하시면서 폐품을 수레
에 좀 옮겨 실어달라고 하셨다./ 하루 종일 모은 폐품
이 담긴 수레를 끌고/ 폐품 파는 곳까지 갔다./ 할머니
는 많이 쳐 달라고 하셨다./ 할머니가 하루 종일 모은
폐품 값은 2,300원이었다./ 할머니는 고맙다고 하면
서/ 맛있는 거 사 먹으라고 천 원을 주셨다./ 나는 받
을 수가 없었다./ 힘들게 일하시는 할머니에 비하면/
내가 할머니를 도운 것은 당연한 일로 여겨졌다./ 할머
니는 세상에 이런 총각들만 있었으면 좋겠다고 말하셨
다.

– 「폐품 모으시는 할머니」 일부. 부산상고 이상현

 폐지 줍는 등 굽은 할머니를 보며 시골에 계신
할머니를 생각했는지도 모른다. 시를 읽으면서 봄
햇살 같은 따스함이 모세혈관을 타고 온몸으로 퍼

지면서 풍선마냥 둥둥 뜨는 기분을 느낀다. 미약한 손길이 세상을 변화시킬 수 있다. 아이는 폐품을 수레에 실어주고 폐품 파는 곳까지 간 것이 전부지만 돈으로 환산할 수 없는 많은 것을 얻은 하루가 되었을 것 같다. 노동의 대가뿐만 아니라 자식을 위해 고생하시는 부모님, 홀로 사는 할머니 할아버지를 생각했을 테고, 앞으로 어떻게 살아야 할 지 자신을 돌아보는 계기가 되지 않았을까 싶다. 그가 한 선행이 비록 처음이라 하더라도 그 한 번의 파급효과는 나비효과처럼 클 것이다.

학창시절, 문예반 동아리가 있었다. 그들이 쓴 시가 시화액자로 만들어져 학교 담장을 따라 전시하는 것을 보면서 그렇게 부러울 수가 없었다. 주변의 모든 것들이 시의 소재가 되지만 시적 장치를 해서 승화시켜야만 시가 되는 줄 알았다. 그래서 그런 경험이 없는 나로서는 감히 접근할 수 없는 울타리 너머의 세계로만 생각했다. 하지만 고등학생들이 쓴 이 시집에는 진솔한 일상생활이 가식도 없이 그대로 녹아있어 시를 쓰는 일이 그리 어렵지 않다는 것을 보여준다.

흔히들 살다가 힘이 들면 시장에 가라고 한다. 삶의 면면들을 보면서 위안을 얻고 용기를 얻을 수 있기 때문이 아닐까 싶다. 필자는 이 시집을 보면서 시장에 나온 것처럼, 또 내 삶을 고스란히 옮겨 놓은 것 같아 웃고 울었다.

남들은 모두 추석을 맞아/ 외갓집을 찾아 떠나지만/
우리 어머니는/ 홀로 집을 지키신다.// 외할아버지,

외할머니/ 다 돌아가시고/ 그나마 있던 다섯 형제들도/ 이제 둘밖에 없어서/ 외갓집에 가도 재미가 없단다.// 그 속도 모르는 아버지/ 어머니 남겨 두고/ 등산하러 가신다.//

–「어머니」. 부산고 배재훈

이 작품은 명절이 되어도 외갓집에 가지 못하는 어머니의 마음을 노래했다. 민족 최대의 명절인 설이 엊그제였다. 친정어머니에게 세배를 하러 가던 필자도 부모님이 계시지 않아 글을 쓴 학생의 어머니처럼 집을 지켰다. 형제간도 달랑 삼남매뿐인데 멀리 떨어져 살아 만나기도 쉽지 않다. 명절이 되면 우울해지는 내 마음과 다르지 않는 어머니의 마음을 쉽게 시로 표현해 준 작품이다. 이렇듯 쉽게 읽히면서 주제의식이 뚜렷한 시가 좋은 시가 된다. 공부하기도 바쁜데 시 쓸 시간에 문제라도 하나 더 풀라고 할 부모들이 수두룩하다. 앞서 말했듯 공부가 인생의 전부는 아니다. 진학을 하더라도 취업에 발목이 묶인 사람들이 많은 현실이다. 공부의 추를 매달아 아이들을 짓누르지 말았으면 한다. 문학은 정서 순화에 이바지한다. 인성교육이 강조되는 오늘날 필요한 장르가 아닐까 싶다. 조바심내지 말고 한 박자 템포를 늦추며 기다려주자. 역자의 말처럼 시인이 되려고 하는 것이 아니라 느낌이 풍성해지고, 생각이 깊어지고, 아름다운 마음을 지니게 되는 삶을 가꾸기 위한 날갯짓이니까. 아이들의 세계를 이해하고자 하는 중, 고등학생들을 둔 부모들이라면 필독서로 읽어야 하지 않을까 싶다.

그만의 사랑법

『나비와 불꽃놀이』, 장정옥, 학이사, 2017

정순희

　지난여름 태백을 지나갈 일이 있었다. 칠흑 같은 어둠이 괴물 같은 카지노 궁궐을 무겁게 짓누르고 있었다. 어둠을 쫓아내려는 듯 굉음을 내며 불꽃이 날아올랐다. 수백 발의 불꽃은 하늘에서 거대한 꽃으로 피어났다. 구경꾼들은 고개를 치켜들고 탄성을 질렀다. 그러나 불꽃놀이가 끝나자 어둠은 더 깊게 사람들의 옷 속까지 스며들었다. 찬란한 불꽃이 어둠을 완전히 쫓아내지 못했다.

소설가 장정옥은 매일신문 신춘문예로 등단했으며 그 동안 《스무 살의 축제》, 《비단길》, 《고요한 종소리》 등 여러 편의 소설을 내 놓았다. 지난해 대구문학상을 수상하며 장정옥 소설의 탄탄함을 입증했다.

작가는 《나비와 불꽃놀이》에서 "호모루덴스의 의미대로 놀이의 유희적인 개념을 살려 삶의 긍정과 해학적인 의미를 담으려고 했다"고 말했다.

소설의 처음부터 놀이로서 도박이 등장하면서 그 안에 진솔한 삶을 살기 위해 아파하는 순한 주인공이 우리를 기다린다.

불꽃놀이가 한창인 맨홀 도박방에서 밥과 간식

을 대주며 지내는 젊은 남자가 주인공이다. 식물인간이 된 아내는 7년 째 병원에 누워 있고, 어린 딸은 어머니한테 맡겨 둔 채 '나'는 정기적으로 정신병원에 가서 치료를 받아야 할 정도로 힘든 나날을 보낸다. '나'는 어릴 적 친구 태우를 도박방으로 데리고 온 것을 후회한다. 태우를 통해 그의 어린 날 도박에 삶을 몽땅 내 놓았던 아버지와 어머니의 지난한 삶을 얘기하며 자신은 절대 도박에 손을 대지 않으리라 다짐한다. 민과의 묘한 관계, '눈물한방울'을 대하는 '나'의 인간적인 모습. 그리고 아내의 친구가 되어줄 간병인을 구하는 '나'만의 사랑법 등이 그가 얼마나 맨홀의 삶에서 벗어나고자 하는지 알 수 있다.

'살아있다고도 할 수 없는 세상, 행복도 불행도 느끼지
못하는 이들의 영혼이 머무는 곳. 나는 아내가 머무는
그곳이 몹시 그리웠다.'

- p.78

며 '나'는 식물인간 상태인 아내의 세상을 기꺼이
받아들였다. 이것이 작가가 말하고자 한 삶의 긍정
인가 안심하면서도 결말에 이를 때까지 마음을 놓
지 못했다. 세상에 수많은 '나'들은 자신의 안위를
위해서 타인을 속이고 건전한 삶을 체념한 채 절망
으로 넘어지는 일을 수없이 봤기 때문이다. 마침내
어머니와 어린 딸이 태우의 옛집인 고향집에서 살
도록 해 주고 '나'는 배를 타러 멀리 떠난다. 읽는
내내 아내를 배신하지 않아서, 어머니의 꿈을 저버
리지 않아서, 어린 딸을 도닥여 주어서 '나'가 고마

웠다. 어떻게든 살아야하는 게 우리네 삶이라면 삶의 긍정에서 발을 빼지 않도록 몸부림치는 작가의 눈물겨운 결말이라고 생각했다.

세상은 여전히 불꽃놀이 속에 인생을 화르르 태우는 사람들로 북적거린다. 태백으로 가는 길은 줄이 길고, 가상화폐에 투자하여 한탕을 노리는 수많은 이들도 곧 잿더미로 시커멓게 변할 불꽃놀이에서 떠나지 못한다.

'살아간다는 것은 가질 수 없는 욕망을 내려놓는 것이고, 방치하고 외면했던 자아를 찾아가는 것임을.'

– p.285

책을 덮고 난 후에도 '나'를 응원하며 그의 말을 읊조린다.

죽음을 맞이한 젊은 의사의 고백

『숨결이 바람될 때』, 폴 칼라니티,
이종인 옮김, 흐름출판, 2016

정순희

삶의 매순간을 의미 있게 산다면 죽음이란 실존 앞에 결코 후회하는 인생은 없을 것이다. 그러나 우리의 실상은 후회의 연속이다. 서른여섯 살의 신경외과 의사 폴 칼라니티는 그의 푸른 전 생애를 의미로 가득 채웠다. 의사에서 돌연 환자로 바뀐 폴은 자신의 죽음을 객관화하며 현재의 삶에서 가장 가치 있는 일로 이 책을 우리에게 남겼다. 폴 칼라니티는 1977년 뉴욕에서 태어나 스탠퍼드대학에서 영문학과 생물학을 공부하면서 모든 학문의 연결고리가 되는 의학에 관심을 가지게 된다. 그 후, 케임브리지대학에서 과학과 의학의 역사 및 철학과정을 이수하고 예일의과대학원에 진학한다. 모교인 스탠퍼드대학병원에서 신경외과 레지던트 생활 중 미국 신경외과학회가 주는 최우수연구상을 받기도 했다. 여러 대학에서 교수직을 제안 받으며 그동안 애써온 결실의 꽃을 피우려는 찰나, 그에게 암이 찾아온다.

2년의 투병생활 중 수련의 7년 차 마지막 과정을 성실히 마치고, 생명 같은 딸도 얻는다. 그러나 2015년 3월 9일, 결국 그의 숨결은 바람이 되어

가족 곁을 떠났다. 이 책은 마무리되지 못한 채였다. 그러나 아내 루시 칼라니티가 에필로그를 씀으로써 가장 완벽한 감동으로 끝을 맺는다.

"나는 폴이 세상을 떠나면 내 인생에는 오로지 공허와 슬픔만 남을 줄 알았다. 누군가가 세상을 떠난 뒤에도 똑같이 그 사람을 사랑할 수 있을 거라고는, 또 끔찍한 슬픔과 비통함의 무게를 못 이겨 몸을 떨며 한탄하면서도 여전히 큰 사랑과 감사를 계속 느낄 수 있을 거라고는 미처 생각하지 못했다. 폴은 세상을 떠났고 나는 거의 매순간 그가 사무치게 그립지만, 우리가 여전히 함께 만든 인생을 살아가고 있는 느낌을 받는다. 그에게 경의를 보내고 꿋꿋이 버텨 나가고……이렇게 내 사랑은 내가 전혀 예상하지 못한 방식으로 계속 이어지고 있다."

– p.262

루시는 남편의 부재 가운데 그들의 사랑이 현재도 어떻게 진행되고 있으며, 또 얼마나 아름답게 완성되어 가는지 담담하게 혹은 뜨겁게 표현한다.

"왜 내가 이 일을 하는지, 과연 가치 있는 일인지 의문을 품은 적은 단 한 순간도 없었다. 생명을 지켜줘야 한다는 소명의식은 이 일의 신성함에서 분명하게 드러났다. 나는 환자의 뇌를 수술하기 전에 먼저 그의 마음을 이해해야 한다는 사실을 깨달았다. 의사는 환자의 손을 잡는 것으로 의사소통을 시도한다."

– p.122~124

폴은 의사이기 이전에 늘 인간을 이해하려고 노력했다. 그가 문학과 철학, 인간의 궁극적 진리를 배우고자 했던 것도 이 때문이었으리라. 생명에 대한 경외감을 가지고 의사의 길을 두드릴 때, 의사가 되어 환자를 만날 때도 "내 영혼의 대장간에서 아직 창조되지 않은 인류의 양심을 벼리고 싶다."고 생각했던 젊은 날 자신의 모습을 잊지 않았다. 그가 환자가 되었을 때도 병에 대해 허세 부리지 않았으며 주어진 생명에 대한 숭고함으로 겸손하게 자신을 바라보았다. 마치 구도자와 같이.

인간으로 태어난 우리에게 피할 수 없는 삶의 진실이 있다면 그것은 죽음이라는 실존이다. 그러나 우리는 죽음을 언제나 먼 추상의 세계 그 너머서 일어나는 일쯤으로 치부해 버릴 때가 있다. 폴은 죽음과 인생은 피와 땀으로 얼룩진 생생한 현장이라고 강조하며 우리에게 지금의 삶에서 가장 가치 있는 일이 무엇인지 묻는다. 그러면서 우리의 매

순간이 의미로 채워져 가는 방법을 차분하면서도
열정적으로 이야기한다.

옛것들의 작은 속삭임

『동전 하나로도 행복했던 구멍가게의 날들』,
이미경, 남해의 봄날, 2017

정화섭

지나간 이야기는 삶을 풍성하고 다채롭게 만든
다. 시간만큼 마모되고 둥글어진 모서리에서 만나
는 소소한 존재들은 정겹고 행복하다. 전설이 된
가게들의 소박한 눈빛들은 꼬리에 꼬리를 물고 기
억 속을 헤엄친다. 가만히 들여다보면 거기엔 시
간의 흔적이 있고 따스함이 있다. 이 책은 저자 이

미경이 20년 가까이 구멍가게를 그림으로 그리며
생각을 적은 글이다. 우리 곁에서 완전히 사라지
기 전, 내 그림 속에서라도 남을 수 있으면 좋겠다
는 바램이다.

"구멍가게의 이름이 친근함을 넘어 아름답게 들리는
건 가게와 이름이 갖는 어울림 때문이다. 또한 오랜 세
월 사람들이 부르며 더해진 친숙함과 편안함 때문이고,
20년 가까이 특별한 인연으로 이어진 유별난 애착 때
문에 더욱 그러할 것이다."

– p.56

구멍가게로 가는 길에는 즐거운 기억이 숨어있
다. 옥기상회, 도당상회, 감나무가게…, 잊고 있었
던 유년기의 나와 조우할 수 있었던 그리움이 그

곳에는 있다.

대학에서 서양화를 전공한 저자는 늘 무언가를 그려야 한다는 강박에 스트레스 받으며 쫓기듯 살았다 한다. 그런 상황에 만족하지 못했고, 한 번씩 밀려오는 허탈과 우울함에 지쳐 있었다. 그러던 어느 날 오랜만에 찾은 관음리 구멍가게는 낯설고 매력적인 대상으로 다가왔다. 적갈색의 슬레이트 지붕은 시간에 따라 오묘한 빛을 발하고, 유리창에 무심히 써 내린 붉은색 '음료수' 글씨가 시선을 유혹했다.

"먼 데를 바라보는 아주머니의 눈은 창 너머 논두렁을 향한 것인지, 그저 허공 너머의 시간을 헤아리는 것인지 사뭇 삶의 혜안이 느껴졌다. 집으로 돌아와 아이들이 잠들기를 기다렸다가 그 가게를 그리기 시작했다. 가슴이 뛰고 즐겁고 행복했다. 그렇게 구멍가게와 나의 인연은 시작되었다."

– p.67

삶이 매순간 피어나는 꽃이듯, 구멍가게에 이끌려 길을 나섰고, 계절에 따라 갈아입는 구멍가게의 풍경들이 작업실 벽면을 가득 채워갔다.

"가게 옆에 선 가로등 빛과 가게 안에서 번져 나오는 주광색 조명은 따뜻한 온기를 품고 있는 성인(聖人)의 밝은 눈빛 같았다. 밤의 그늘과 등불이 만나 자아내는 신비로운 분위기는 쇠락하는 가게에서만 볼 수 있는 처연한 아름다움이다. 내 작품의 모티브가 이곳에 응축되어 있었다."

– p.104

그림 속 시간은 멈춰 있다. 목련꽃은 절대 시들지 않고 가게는 항상 손님 맞을 준비를 한다. 묵묵히 세상을 응시하며 변함없이 그 자리에서 버팀목이 되어 주었다.

이 책은 날카로운 펜 선의 기나긴 여정들이 만들어 낸 그림들과, 그때의 상황과 느낌을 잔잔하게 풀어 놓았다. 그림을 보고 있으면 슥슥슥 펜촉이 종이 위를 지나가는 소리가 들리는 것만 같다. 반복되는 사각거림에 마음이 편해지며 눈을 감으면 한 폭의 풍경들이 가슴속에 걸린다. '그래서, 그랬대, 그러더라고' 꼬리에 꼬리를 물고 가지처럼 자란다.

그림에는 평상이 단골로 등장한다. 평상은 함께 앉는 것이다. 그리고 누구나 앉을 수 있는 자리다.

나눠 앉을 수도 있고 둘러앉을 수도 있고 누울 수
도 있다. 평상은 나눔의 자리다. 그런 평상이 하나
둘 사라져 간다. 우리 스스로가 삶의 여유를 반납
했는지도 모른다. 우리는 이 책을 평상 위에 누워
서 읽어도 무방하다. 두 팔을 뻗쳐 넉넉한 그림을
감상하다가, 책을 가슴에 얹고, 풍경 속에 잠시 쉬
었다 나와도 좋다. 그런 다음 천천히 다음 페이지
로 넘어가면 된다.

> "장자상회 네 글자만이 조용히 그 자리를 지키고 있었
> 다. 자물쇠로 단단히 잠긴 미닫이문 너머로 가게 안을
> 들여다보니 텅 비었다. 덩그러니 빈 허물처럼 남겨진
> 가게 앞에 쪼그려 앉아 가을 햇볕을 한참 쬐었다. 노란
> 은행잎이 하늘하늘 춤을 추며 나비처럼 발끝에 자꾸 내
> 려앉았다."

– p.195

현재를 살아도 과거의 기억들이 날실과 씨실처럼 촘촘히 직조되어 있어, 보이지 않는 그 너머로 우리의 의식이 날아가곤 한다. 우리는 모두 꿈을 꾸고 있는 중이다.

화가는 자신만의 방식으로 세상을 바라보는 능력을 가지고 있다. 보는 사람이 울림이나 감동, 위안, 깨달음을 느낀다면 그건 선물이고 축복이라고 생각한다. 어떤 이는 왜 작고 오래된 쇠락하는 가게 풍경을 그리느냐고, 인류의 가치관을 대변할 좀 더 근사한 상징물을 그리라고 한다. 하지만 저자는 "회화는 영원하다"고 자신 있게 말한다. 인공지능 컴퓨터 화가가 등장할지도 모르지만, 불확실한 일에 끝까지 매달리는 건 인간만이 할 수 있는 모험이기 때문이다.

"생채기 난 자리에 녹이 슬고, 드문드문 떨어져 나간
표피 아래 켜켜이 쌓인 세월의 지층"

- p.184

에서는 주인의 향기도 함께 묻어난다. 구석에 앉
아 먼지 쌓이고 빛바랜 물건들은 저 자리에서 얼
마나 기다리며 늙어 버렸을까? 한 가지 일을 오랫
동안 이어온 삶에는 감히 그 누구도 흉내 낼 수 없
는 감동이 풍겨온다. 오래된 약속을 모으듯 느린
꿈을 꾼다.

　기억의 향수에 머무는 것이 무슨 의미가 있느냐
고, 수직을 보라고 말할지도 모른다. 하지만 흘러
가고 있는 우리네 삶의 근본과 맥락은 어디에 있
는가? 이별의 아픔에서 사랑의 깊이를 알 듯, 그

림에서 우리들의 고향을 보고 있다. 마음까지 꽁꽁 얼어버린 겨울 날, '남문 점빵'의 벚꽃이 환하다. 평상과 빈 의자가 어서 여기 앉으라고 재촉하는 것 같다.

깊게, 깊게 오는 감동은 언제나 조용히 젖어 든다. 추억을 그리는 것 또한 그렇다. 잊었던 소중한 마음을 되돌아본다는 건 이미 우리에게 축복이다.

고독한 그대에게

『변신』, 프란츠 카프카, 삼성당

최지혜

　낙엽이 뒹군다. 매미가 우는 소리 아직도 귓가에 남았는데, 푸른 가로수 잎이 갈빛으로 흩날린다. 여름 내내 나무에서 울던 매미, 아니 노래하던 매미, 아니다. 암매미를 향한 수매미의 구애를 울음이나 노래로 말하지 말자. 길어야 한 달밖에 못 사는 수매미의 애타는 심정을 어찌 알겠는가? 소설

속, 그레고어가 하루아침에 벌레가 되어 가족과
직장상사를 향하여 부르짖는 말을 못 알아듣는 것
처럼.

체코슬로바키아 태생의 독일어 소설가 카프카는
소설의 배경이 그의 성장과정과 깊은 연관이 있
다. 법학과를 졸업한 뒤, 노동공단에서 일하며 만
나게 되는 사람들 또한 카프카 소설의 배경이 된
다.

이 책은 어느 날, 자고 일어났더니 벌레로 변해
있는 남자 그레고어가 주인공이다. 그의 가족들은
생계를 책임졌던 아들이 벌레로 변신한 것을 안
후, 은폐하기 급급하고 가족이 아닌, 벌레로 취급

한다. 사회구성원으로 역할을 못하게 된 그레고어는 가족구성원으로서도 외면당하고 쓸쓸한 죽음을 맞이한다.

왕따라는 말이 공공연하게 사용되는 시대에 살고 있는 우리는 어쩌면 '소외'라는 것에 익숙해져 있는지도 모른다. 자식을 위하는 일이라며 끊임없이 자식들을 몰아 부치며 부모의 자화상이 이 책에 투영되어 있다.

"지금 당장은 일할 능력이 없습니다만, 그러니만큼 이 순간이야말로 여태까지 일해 오던 업적을 고려하여 참작해 주신다면 지금의 불편한 점을 제거하는 즉시 저도 꼭 정신을 차리고 더욱더 부지런히 일하리라고 마음을 가다듬을 절호의 시기입니다. 당신도 잘 아시다시피 사장님께 전 많은 신세를 졌습니다. 그런데다 전 부모님과 누이동생이 걱정됩니다. 저는 어려운 처지에 놓여 있습니다만 머지 않아 그런 처지에서 헤어나 보이겠습니다. 저를 전보다 더 곤란한 처지에 빠지지 않도록 해 주십시오. 상점에서는 제 편을 들어 주십시오

– p.384

벌레가 된 그레고어가 집으로 찾아온 직장상사에 하는 말이 내 남편이 상사에게 하는 말, 내 자식이 상사에게 하는 말처럼 여겨지는 것은 나 혼자만의 생각은 아닐 것이다. '갑질'이라는 단어 또한 심심찮게 매스컴에 오르내리는 말이다.

아버지는 말단 은행원들에게까지도 아침 식사를 갖다 바치고, 어머니는 안면도 없는 사람들의 속옷 바느질에 온갖 정성을 다했으며, 누이동생은 손님들의 명령을 쫓아 카운터 뒤에서 분주하게 뛰어 다닌다.

– p.409

그레고어는 아버지가 사업에 실패한 후, 실질적인 가장이 되어 가족의 생계를 책임진다. 가족들은 그레고어 덕에 하녀를 부리며 편하게 살았다. 그가 벌레가 된 후에 가족들은 하녀를 내 보내고 가지고 있던 물건을 팔아 생계를 이어가다가 마침내, 일을 하기 시작한다.

책을 읽다보면, 그레고어가 벌레로 변신한 것보다 그의 가족들이 닥친 운명 앞에서 성격과 행동들이 어떻게 변해가는지 더 흥미진진할 것이다.

안타깝다. 가족들이 벌레가 된 그레고어를 외면하지 않았다면 어떻게 되었을까? 아마 치료를 받아 다시 사람으로 변신했을지도 모를 일이다. 하기야, 가족 앞에 갑자기 닥친 불행 앞에 당장 비참

함과 피해의식에 빠지지 않고 현명하게 대처하는 사람들이 몇이나 될까?

 고독한 그대, 기운을 차리고 힘을 내라! 그레고어처럼.

달팽이의 별은 지지 않는다

『우리가 볼 수 없는 모든 빛 1, 2』
앤서니 도어, 최세희 옮김, 민음사, 2015

하승미

집을 등에 지고 사는 달팽이는 위협이 느껴질 때
면 등 속으로 숨어들어간다. 고개를 들어 하늘을
볼 수 없는 달팽이는 감은 두 눈으로 들어오는 별
을 가슴에 담는다. 결코 지지 않는 꿈을. 소소하지
만 완벽한 일상을.

달팽이 알의 생명력은 믿기 힘들 정도다. 우리는 어떤 종이 딱딱한 얼음 덩어리 속에 얼어 있다가 온기를 띤 환경에 옮겨지자 다시 활동하는 것을 본 적이 있다.

— 2권, p.109

이 작품은 전쟁이라는 극한의 상황에서 나타나는 인간의 본성을 잘 표현하고 있는 2권으로 된 소설이다. 2015년 발표와 동시에 2015년 퓰리처상과 카네기 메달 상을 수상했으며 60주 연속 뉴욕 타임스 베스트셀러에 올랐다. 저자 앤서니 도어는 역사를 전공하고 순수 예술로 박사 학위를 받았다. 저자는 이 소설을 위해 2차 세계대전 전, 후인 1934년에서 1944년까지 10년간의 자료를 수집해서 집필했다고 한다. 같은 시간, 다른 공간을 사는 주인공 마리로르와 베르너의 이야기를 번갈아가며, 과거와 현대를 넘나들면서 이야기를 전개해 나간다. 어른들의 야욕이 만든 전쟁 속에서, 어른 보다 강한 아이들의 실로 맑아서 시린 이야기다.

1934년. 마리로르는 프랑스 파리에 사는 앞을 보지 못하는 6살 여자아이다. 박물관 열쇠 장인인 아빠를 늘 따라다니며 촉각으로 세상 온갖 것들을 본다. 아빠가 만들어준 파리 마을 모형을 손끝으로 익혀 산책도 하며 소소하지만 완벽한 일상을 산다. 베르너는 독일 탄광도시 졸페라인에 사는 부모 없는 7살 남자아이다. 2살 아래 여동생 유타와 아버지를 삼킨 탄광촌 근처 '아이들의 집'에서 산다. 동생과 얼어붙은 운하를 따라 스케이트도 타고, 잡다한 부품들을 조립해 라디오를 만들고 고치는, 꿈꾸는 천재다.

2차 세계대전은 누군가 불꽃놀이처럼 화려하게 치장한 구호로 시작했을지 모르나 처참한 잔재만 남긴 전쟁이다. 하일 히틀러! 1940년. 전쟁 시작 직전 마리로르는 아빠와 작은할아버지가 사는 프랑스 서쪽 생말로로 피난을, 이례적으로 우수한 베르너는 나치를 위한 기숙학교로 가서 히틀러 유겐트[1]가 된다. 생말로에서도 아빠는 마을 모형을 만들고, 기숙학교에서도 베르너는 기계와 수학을 만진다. 딸 마리로르의 안전하고 평범한 일상을 위한 아빠의 사랑, 제국주의 암호 해독과 로켓 추진을 위한 나치의 일군이 되어버린 베르너의 꿈.

---

1) 1933년에 히틀러가 청소년들에게 나치의 신조를 교육하기 위해 만든 조직(1권 71쪽)

아빠는 말씀하실 거야. 난 절대 널 떠나지 않아, 100만
년 동안은.

— 2권, p.192

과학자의 위업은 두 가지가 결정한다. 그의 관심사와
시대의 관심사.

— 2권, p.186

마리로르는 피난 후 전보를 받고 파리로 떠난 아
빠와 영영 이별하게 된다. 아빠가 떠난 후 따스하
게 보살펴 주시던 마네크 부인도, 작은할아버지도
세상을 떠난다. 전쟁은 소중한 것들을 모조리 빼
앗아간다. 부서져버린 일상에 통조림 두 개만 남
긴 채. 마리로르는 촉각으로 보고, 청각으로 보고,
후각으로 보는, 보지 못하는 전쟁을 홀로 산다. 작

가의 의도적 공감각적 심상이 아님에도 앞을 보지 못하는 마리로르의 평범한 일상 구석구석은 시각을 공감각화한 착각이 들게 한다. 장애라는 상황을 적당히 미화시켜 눈물샘을 자극하는 신파가 아닌 인간 마리로르의 의지에 집중한다.

> 눈이 먼다는 것은 무엇인가?…(중략)… 아무것도 없어야 할 곳에서 테이블 다리 하나가 그녀 정강이를 후벼 파는 것이다. 거리에서는 자동차가 으르렁거리고, 하늘에선 나뭇잎이 속닥거린다.
>
> — 1권, p.48

> 아버지의 말을 듣는다. 장애를 기회로 여겨라, 라인홀트. 장애를 영감으로 여겨라.
>
> — 2권, p.119

베르너는 기숙학교에서, 전쟁의 틈바구니에서 나치의 잔혹함을, 전쟁의 무모함을 알아간다. 특히 기숙학교 룸메이트인 순수한 영혼, 새 전문가 프레데리크에게 부끄러움과 미안함으로 괴로워한다. 프레데리크가 나치의 잔혹함에 맞서 '싫어요'라고 부르짖을 때, 가혹하게 폭행당할 때 지켜볼 수밖에 없었던 자신이라서… 국가를 위한다는 명분이 어린 아이들에게 감행한 잔혹함은 인간의 본성을 의심하게 한다.

잔악성이 번영을 약속한다. 너희의 소중한 할머니에게 차와 쿠키를 대 줄 수 있는 건 오로지 너희 팔 끝의 주먹뿐이다.

− 1권, p.255

이 소설에서 라디오는 그 참혹함 속에서도 일상을 허락해주고 서로를 이어주는 유일한 빛이다. 베르너는 라디오를 조립하면서 천재성을 발견한다. 전쟁 트라우마로 칩거하는 작은할아버지는 라디오만을 친구 삼는다. 작은할아버지의 송신기를 통해 흘러나간 라디오 주파수는 '아이들의 집'에도, 적진에도 흘러들어가 서로 다른 공간을 사는 마리로르와 베르너를 이어준다. 1944년. 10년이 흘러서야 라디오 주파수를 타고 둘은 만나게 된다. 하루가 채 되지 않는 짧은 만남이지만 서로를 다시 태어나게 한다. 유일하게 남겨진 통조림을 나눠 먹으며 둘은 오랜만에 살아있음이 행복했으리라. 프랑스인 마리로르에게 독일군 베르너는 전쟁 속의 적이 아닌 목숨을 구해주는 은인이 된다.

적폐, 패륜, 계층갈등 등 폭격기보다 시끄러운 뉴스가 연일 터지는 전쟁 같은 일상을 살아가는 우리에게 전쟁보다 더한 전쟁을 사느라 잊어가고 있는 꿈, 소소한 일상의 행복, 순수한 마음, 절대 가치… 두 아이를 통해 소리치고 있다. 둔탁한 현실이 버거워서 자신의 등 속으로 숨어들어간 많은 이들에게 혼자가 아님을, 볼 수는 없지만 여러 빛으로 우리 모두 연결되어 있음을 속삭이고 있다.

"그대의 별은 지지 않아요!"

세상에서 가장 아름다운 숙제

『말 숙제 글 숙제』, 박승우, 학이사, 2016

손인선

"樹欲靜而風不止(수욕정이풍부지) 나무가 고요하고자
하나 바람이 그치지 않고
子欲養而親不待(자욕양이친부대) 자식이 봉양하고자
하나 부모는 기다려주지 않는다"

라는 말이 있다. 이 말을 참 실감하는 요즘이다.
같이 여행을 가고 싶어도, 맛난 것을 먹으러 가려

해도, 뭔가를 해드리고 싶어도 더 이상 해줄 수가 없기 때문이다. 지금에 와서야 '살아계실 때 잘 할 걸'하는 후회가 물밀 듯이 밀려온다.

숙제하는 마음으로 이 동시집을 엮었다는 박승우 시인은 매일신문 신춘문예로 등단해 작품활동을 시작했다. 그동안『백 점 맞은 연못』,『생각하는 감자』,『말 숙제 글 숙제』를 냈으며 푸른문학상, 오늘의 동시문학상, 김장생문학상 등을 수상해 활발한 활동을 하고 있다.

오로지 살아계신 어머니만을 위해 엮은 동시집 한 권을 손에 넣었다. 말로 해야 할 숙제를 글로써 한다는 고백과 함께 어머니에 대한 사랑과 고마움을 꾹꾹 눌러 쓴 동시집이다. 시를 쓴다는 것은 자기만의 언어로 하는 고백이라는 시인은 어머니를 향해 늦은 고백을 한다.

"어머니, 고맙습니다! 어머니, 사랑합니다! 어머니가 계셔야 제가 어린아이처럼 살 수 있습니다. 저는 그냥 철없는 아이로 살고 싶으니 철없는 자식 걱정도 조금 하시면서 산골마을에 오래오래 계십시오. 씀바귀, 돌나물, 냉이, 두릅, 해마다 챙겨 주시고요."

이렇게 고백하는 저자가 철없이 보이지만 그렇지 않다. 어르신들 경우에 모든 일에서 손을 놓고 나면 더 빨리 쇠약해진다는 말을 어디선가 들은 적이 있다. 적당한 걱정과 적당한 소일거리가 있으면 더 오래 사신다. 정말이다.

총60편으로 각 부마다 12편씩 5부로 나뉘어져 있다. 1부 '눈사람이 걸어갔다'에는 제일 첫 장부터 반짝거리는 동시다.

"벌과 나비를 끌어당기는/ 예쁜 자석"

- p.12 「꽃」

 이 짧은 문장으로 온 우주를 표현하는 능력이 저
자가 가진 힘인 것 같다. 표현 또한 얼마나 아름다
운가.

"새가 나무에 앉으면/ 나무는 두근거리겠다// 콩닥거
리는 심장을 안았으니까// 새가 나무를 떠나가면/ 나무
의 체온은 내려가겠다// 따뜻한 심장 하나가 떠나갔으
니// 새가 나무를 떠나가도/ 나무는 새를 기다리겠다//
새의 심장이 그리울 테니까//

- p.15 「나무와 새」

이 시집에서 심장을 뛰게 하는 시 중의 한 편이
다. 무심코 지나쳐버린 나무와 새의 관계를 이렇
게 섬세하게 표현했다. 두근거린다는 건 심장이
뛴다는 것, 이제 길을 가면서 나무를 보면 이 시가
생각날 듯 하다. 어쩌면 가만히 손 대 볼 수도 있
겠다. 새의 체온 때문에 따뜻한지, 아니면 따뜻한
심장을 기다리고 있는지 알아 볼 수도 있을 것이
다. 따뜻한 시만 있는 건 아니다. 재미를 유발하는
시도 있다.

"매미는 왜 저렇게 우나?// 상대를 알기 위해서는/ 상
대가 되어봐야 하는 법// 감나무를 타고 올라가/ 매미
처럼 나무줄기에 딱 붙어봤다// 어이쿠, 울고 싶다"//
　　　　　　　　　　　　　　　　　 - p.30 「매미처럼」

시도 때도 없이 우는 매미가 왜 그러는지 알아보기 위해 매미처럼 나무에 기어올랐다가 당황하는 모습이다. 이러지도 저러지도 못하는 화자의 모습에 웃음이 난다. 매미 흉내를 내다가 아무 데나 올라가서는 안 된다는 걸 배우고 내려왔을 것이다.

2부에도 이미지가 명쾌하게 떠오르는 시들이다.

"-난 많은 것을 보지 못했어/ 많은 것을 만나지도 못했어/ 하지만 난 내가 만난 것을 온몸으로 느꼈어//
― p.34 「달팽이가 다람쥐에게 한 말」

다람쥐는 빠르지만 달팽이는 느리다. 하지만 느리다고 나쁜 것만은 아닌 모양이다. 빨리빨리 외치는 세상에서 느리게 가면서 더 많은 것을 느끼니까 말이다.

"여기까지 날아오르는/ 여치나 메뚜기가 있다면/ 프러
포즈할 거야// 어떤 힘든 일이 있어도/ 함께 갈 수 있
을 테니까"

– p.28 「잠자리가 바지랑대에 앉아서 한 생각」

용기라는 단어를 떠올리게 하는 시다. 날아다니는
잠자리 입장에서 바지랑대에 오르는 건 아무것도
아니지만 날개는 있지만 멀리까지 그리고 높이 날
기는 힘든 여치나 메뚜기 중에서 자신들의 한계를
뛰어넘는 주인공이 있다면 프러포즈 할 것이라고
잠자리는 생각한다.

표제시 「말 숙제 글 숙제」가 있는 3부를 보면 저
자가 왜 말이 아닌 글로 숙제를 하는지 이유가 나
와 있다. "고맙다는 말과/ 사랑한다는 말을/ 꼭 한
번은 하고 싶다는 아빠" 그 아빠는 마음속으로 늘

다짐하며 시골에 가지만 번번이 쑥스러워 못 하고 온다. 그래서 말 숙제 대신 글 숙제를 하기로 한다. 화자는 말한다. "말 숙제든 글 숙제든/ 아빠가 빨리했으면 좋겠다//고 그런 이유로 이 동시집이 나왔다.

「붙박이별」에서는 저자가 시골에 가는 이유이며 오늘의 저자가 살아가고 있는 이유를 한 번 더 어머니를 통해 대해서 언급한다. 나의 중심은/ 경상북도 군위군 부계면 춘산리 891번지// 그곳에/ 엄마라는 붙박이별이 있기 때문이다// 엄마를 별에 비유해 짧지만 엄마의 존재가 자신의 중심이라는 것을 나타냈다.

4부에서는

"할머니 품이 쥐구멍이 되지"

– p.56 「쥐구멍」

에서 손주들 편을 드는 할머니의 모습을 나타냈고

"옷걸이가 축 늘어진 아버지 작업복을 입고 있다"

– p.61 「옷걸이」

를 보면서 오늘날 가장의 고된 모습이 떠오른다.

"난 공부벌레가 되기로 했어"

– p.68 「엄마는 벌레를 좋아해」

에서는 엄마가 좋아하는 벌레가 공부벌레이기
"하루에도 애벌레가 되었다가, 나비가 되었다가,
벌이 되었다가, 잠자리가 되었다가, 번데기가 되
기로 했어" 요즘 아이들의 피곤한 일상을 시에서
엿볼 수 있다.

5부 '고양이가 말했다'에서는 풍자를 통해 현실
을 비판하기도 하고 꾸짖기도 한다.

고양이 목에만/ 방울을 다는 것은 불공평한 일// 쥐 목
에도 방울을 달자//

- p.84 「쥐 목에도 방울을」

어느 한편만 손해를 보는 것은 어느 사회나 불공
평하다. 약자와 강자, 갑과 을의 관계도 이 시에서

생각해 볼 수 있다.

"－두껍아, 두껍아／ 헌 집 줄게, 새집 다오//"

－ p.84「버럭 두꺼비」

어릴 때 모래가 있는 곳이라면 부르고 놀았던 노래다.

"두꺼비가／ 너라면 그런 밑지는 장사를 하겠냐고／ 버럭 화를 내요//" 헌 집과 새집을 맞바꾸자는 건 말도 안 되는 소린 건 맞다.「유전자 조작」에서는 사람에 대한 경고를 표현했다. 목도 길고 코도 긴 기린이 태어나는 일이나 코도 길고 목도 긴 코끼리가 태어나는 건 힘든 일인데 사람이 끼어들면 가능하다는 말도 된다. 유전자 조작을 통해서. 얼마나 무서운 이야기인가. 자연은 자연

그대로 두고 즐겼으면 좋겠다.

　동시집 한 권이 금방 읽힌다. 풍자를 통해 자신만의 시세계를 구축한 시인의 정신을 오롯이 느낄 수 있다. 이런저런 긴 말 필요 없이 간결하지만 하고자 하는 말을 하는 이 시집을 읽는 독자들은 행운이다. 그리고 부럽다. 말 숙제 글 숙제를 할 붙박이별이 있다는 것과 지금도 철없는 아들을 걱정하는 어머니가 계시다는 사실이 정말 부럽다.

비문학

소득이 보장된다면
무얼 할래요?

쓰레기 버리기

『거대한 사기극』, 이원석, 북바이북, 2013

김준현

　속았다는 생각이 들 때가 있다. 어떤 일을 한 창 할 때는 몰랐는데 시간이 지나고 보니 '당했구나'라는 생각. 자기계발서가 지시(?)하는 매뉴얼대로 며칠 혹은 몇 달씩 따라 했던 적이 있다. 오래 실천하지 못했고, 결국 지혜롭지 못한 자신만 발견했다. 곰곰이 생각해 보면 '나'에게는 특별히

계발할 '무엇'이 없다.

『거대한 사기극』(부제: 자기계발서 권하는 사회의 허와 실)은 IMF 이후 온 국민을 '요람에서 무덤까지 경쟁' 체제로 몰아넣은 '자기계발'의 실체를 밝히고, 이에 대해 비판적 시각으로 서술했다. '프롤로그, 자기계발의 역사·담론·형식·주체를 담은 1~4장, 에필로그, 자기계발 비판서에 대한 간단한 안내' 순서로 구성했고, 〈기획회의〉에 2012년 한 해 동안 연재한 '자기계발 다시 읽기'로 내용을 채웠다.

이 책은 서점에 쏟아져 나와 있는, 소위 말해서 '히트 친' 자기계발서 대다수를 다룬다. 자기계발 분야의 고전이라 할 만한 새뮤얼 스마일즈의『자조론』부터 아이돌 가수 빅뱅의『세상에 너를 소리쳐!』까지 시대와 공간을 가로지르며 폭넓게 살피고, 자기계발의 기원에서 현재의 소비 맥락까지 논리 정연하게 훑는다.

 자기계발, 무엇이 사기라는 말인가? 저자의 대답은 간명하다. 개인이 자기계발로 목표를 이룬 후 얻는 것 대부분은 정부·사회·기업·학교가 할 일이다. 국가는 이 일을 모두 개인에게 떠넘김으로써 사회가 발전하는 동력을 확보한다는 것이다. 개인은 자기계발이라는 명목 아래 이상적 자아로 실현 가능성이 희박한 목표를 향해 달려가지만, 동분서주하다가 때로는 자아분열 상태까지 간다. 사기가 맞다.

 누가, 어떻게 사기를 치는가? 데일 카네기, 스티븐 코비, 공병호, 이지성, 조용기 목사, 연예인 김영철. 각 분야에서 골고루 자기계발 구루(guru)로 등장한다. 위대한 생각으로 성실히 노력하면 현실을 창조할 수 있다고 이들은 말한다. 더 나아가 사회의 모든 성원을 배움의 주체로, 사회의 모든 장을 배움의 대상으로 전망한다.

사회는 어떻게 되었나? 자기계발 열풍으로 개인 간 경쟁이 심화된 현실을 저자는 '무간지옥'이라 평한다. 긍정 강박, 힐링 강박, 혁신 중독 등이 나타나고, 자기 주도형 학습에 지친 어린이부터 인생 이모작을 준비하는 노년까지. 모두 저자가 본 문제다. 더 큰 문제는 '잘못된 사회구조를 직시하지 못하고 개인에게 초점을 돌리게 만든다'는 것이다.

그렇다면 자기계발서를 읽지 말라는 것인가? 에필로그에 저자의 입장을 정리하고 있다. 현실적

자아를 보게 하는 책과 메모·정리 등 일상의 소소한 기술을 다루는 책은 유용하나, 『시크릿』류의 신비적 자기계발서는 거대한 사기다. '특정한 자기계발서를 읽지 않는 것보다 모든 서적을 자기계발적으로 읽지 않는 것이 더 중요하고, 그만큼 더 어렵다'고 저자는 덧붙인다.

이 책은 표지와 각장 앞부분에 있는 그림이 인상적이다. 시중에 나온 자기계발서 책 제목들이 쓰레기가 쏟아지듯이 떨어지고 있다. 새벽엔 영어공부로, 퇴근 후엔 인맥관리로 바쁜 독자에게 『거대한 사기극』일독을 권한다. 책장에 있는 쓰레기는 버릴 때가 됐다.

2018년을 미리 읽어드립니다

『트렌드 코리아 2018』, 미래의 창,
김난도 외, 2017

남지민

　2017년 촛불시위가 장미대선을 치르게 했고 새 대통령이 취임했다. 미국 트럼프 대통령의 발언과 김정은의 미사일 시험 발사의 설왕설래와 포항 지진이 한반도를 흔들었다. 또한 영화 「남한산성」을 통해 '삼전도의 굴욕'을 떠올리며 국제 관계 속에서 현재 한국의 입지를 되새겨보기도 했다. 정치권도 바뀐 정부와 여권과 여권 그렇게 아노미 상태 속에 2017년을 보냈다.

서울대학교 생활과학연구소는 2007년부터 10대 트렌드 키워드를 발표해왔고 2008년 말부터 트렌드코리아 시리즈를 출간해왔다. 올해 『트렌드코리아 2018』은 '트렌드코리아' 발간 10주년을 맞아 특별판을 준비했다. 그러나 그리 특별할 것은 그리 없어 보인다. 2018년 트랜드 코리아의 키워드는 'WAG THE DOGS(꼬리가 몸통을 흔든다)'이다. 경제적 의미로는 선물시장이 현물시장을 좌우할 때 쓰는 말이지만 여기서는 정치, 사회, 일상생활 속에서도 꼬리가 몸통을 흔드는 여러 사례를 찾아볼 수 있다. 책 표지 색은 매년 그래왔던 것처럼 한 해의 경향과 상징성을 담은 색을 선정해 표지

색으로 했다. 2018년 표지색은 오렌지색으로 원기, 만족, 유쾌, 적극 등을 상징하는 약동의 색깔이다.

오렌지색의 선정은 2018년 무술년 황금개의 해에 친근함과 사회적 친화력이 있는 동물인 개와도 잘 어울리는 색이기도 하고 2018년을 긍정과 희망의 새로운 기운을 불어 넣고자 하는 집필진의 의도가 들어있기도 하다.

2017년 한반도를 둘러싼 지정학적 불확실성 정치, 사회적으로 크고 작은 갈등에 이은 2018년 한반도는 평창 동계올림픽과 6월 지방자치단체선거 등을 치러야 한다. 이번 지방선거는 2022년에 대선과 지방선거 함께 치러지기 전 치러지는 선거로 광역자치단체장으로 출마하는 차기 대선주자들이 발돋움해야 하는 의미가 더해져 있다.

또, 평창올림픽은 대한민국에서는 최초로 개최되는 동계 올림픽이며 1988년 하계 올림픽 개최 이후 30년 만에 대한민국의 두 번째 올림픽이다. 온 나라와 국민이 흥분하고 관심을 모았던 88올림픽과 월드컵만큼의 애국심을 모토로 하는 단결력과 사랑을 받을 수 있을 지는 미지수다. 그러나 동계 올림픽에 대한 국민들은 성숙응원 문화와 스포츠 정신에 대한 요구가 금메달 보다 더 값지다는 사실을 보여주고 있다. 또 남북단일팀 결성과, 북한 응원단 참여 또한 남북 대화 분위기를 변화시킬 견인차 역할을 할 것이라 기대하고 있다.

2018년은 웰다잉에 대한 사회적 논의가 활성화될 것이고 중 1학년은 자유학년제 실시한다. 정부

정책은 일자리 정책, 소득주도 성장기반 마련, 혁신 성장동력 확충, 국민이 안전한 나라, 인적자원 개발 등을 중심으로 추진한다. 'WAG THE DOGS의 알파벳 하나하나에가 의미하는 2018년 소비트렌드를 살펴보면 '소확행(작지만 확실한 행복)', 2017년 가성비에 이은 '가심비(플라시보 소비)', 워라밸, 언택트기술, 케렌시아, 만물의 서비스화, 매력 자본이 되다, 미닝아웃, 다양한 인간관계, 자존감의 소비 10가지로 정리할 수 있다.

소확행은 작은 사소한 일상 , 평범 , 작은 순간에 집중하고 그 속에서 행복함을 이끌어 내는 힘으로 사소한 일상을 소중하게 여기는 마음이다. 미래에서 지금으로 특별함에서 평범함으로 강도에서 빈도로 매일 행복하진 않지만 행복한 일은

매일 매일 있도록 하는 소비자가 늘어나고 있음을
의미한다.

지난 해 가격대비 제품의 만족도가 높은 가성비
의 트렌드에 이은 주관적 심리적 만족을 더한 가
심비 추구하는 소비 형태를 보일 것이다. 또 워라
밸(work life balance)의 트렌드는 일과 자신의 삶에
균형을 갖고 직장 일을 하더라도 자신, 여가 성장
을 희생할 수 없는 가치를 펼칠 수 있는 사회적 분
위기 조성으로 이어질 전망이다.

사람과의 접촉을 지운다는 의미인 언택트는
무인 자율주행자동차의 셀프 등 비대면을 넘어
서는 상황 적응적이고 개별화된 서비스들이 출
현할 것이며 투우장의 소가 마지막 일전을 앞두
고 숨을 고르는 자기만의 공간을 의미하는 케렌

시아처럼 자기만의 힐링 공간을 위한 공간이 등
장할 것이다.

또, 『트렌드코리아 2018』에서는 매력의 지배로
매력이 있는 것에 소비가 가속될 것이라는 전망을
내놓았다. 자기의 취향과 정치적 사회적 신조를
커밍아웃하고 구매운동 불매운동 정치와 조직성
이 만나거나 놀이와 어우러져 즐거움을 누리는 미
닝아웃이 삶의 형태를 바꿀 것이라 분석했다. 개
인의 필요와 만족에 의해 결합되고 해체되는 관계
긱관계, 전통적이지 않은 새로운 가족형태인 대안
가족이 등장하는 새로운 인간관계가 눈에 띈다.

위의 10가지로 2018년을 설명하기에는 부족한
부분이 있고 이미 2017년부터 대두된 트렌드로
2018년에 고여 있는 것도 있다. 그러나 경제적,

소비적 삶의 형태로 삶의 트렌드를 전망하기에는 역부족이지만 사회가 경제가 어떤 방향으로 갈 것이라는 짐작을 해볼 수는 있다. 매해 트렌드 코리아를 펼쳐들 때마다 지난해를 되돌아본다. 그리고 어떻게 변화할 것인가 내가 거기에 대응하지 못할 뭔가가 있지 않을까하는 두려움에 책을 편다.

새롭게 등장하는 신조어와 그것을 머릿속에 개념을 정립하고 생활 속에 녹여 내기 까지는 많은 시간이 걸리는 것도 사실이다. 책을 읽는 동안 나의 의식과 생활양식이 멈춰있고 고여 있는 것이 아니라 나를 잃지 않으면서도 함께 시대를 살아가고 있음에 느끼는 만족감도 크다.

새해 토정비결이나 타로를 보기 위해 사이트 이곳저곳을 기웃거리기보다 시대의 트렌드를 내다

볼 수 있는 계기를 마련하는데 '트렌드 코리아'는 큰 자극제가 될 것이다.

　좀 더 따뜻하고 평화롭고 사랑스러운 아날로그적 트렌드가 복고하기를 바라면서… 2018년을 희망이라는 이름으로 채워나가길 바란다.

보이는 대로, 보여주는 대로

『사진에 관하여(On photography)』,
수잔 손택, 도서출판 이후, 2005

  사진은 영원히 소유하려는 욕망의 표출이다.
욕망을 좇는 사진작가는 카메라를 들이대며, 피
사체를 프레임 안에 골라 담으며 끊임없이 이미
지를 복제한다. 시시각각 어떻게 보여야 할지를
결정하고, 피사체에 특정한 기준을 적용해서 찍
는다. 자아의식 없는 무의식적 촬영이라 해도,

사진 속에 무언가를 담으려는 욕망 자체가 없는 것은 아니다.

복제된 사진 이미지(먼 과거의 시간과 풍경 그리고 사람들의 모습)는 향수와 몽상을 불러일으키고, 사진 속 대상과 가깝다는 환상이 더욱 매순간을 찍도록 부추긴다. 손택에 의하면, 카메라도 총처럼 중독이 되는 기계라서 사람들이 총 대신 카메라로 공격성을 표출하게 된다는 것이다. 이렇게 자동 소총 쏘듯 무차별로 찍어낸 이미지들은 대단한 이미지인 양 팔려나간다.

이미지의 상품화는 카메라 기술의 발전 이후 증폭된다. 1839년 이래로 세상의 모든 것을 이미지로 끌어 모으는 사진의 마력에 빠지는 것이다. 이러한 카메라의 대중화는 곧 심각한 이미지 소비와 중독 증세를 가져온다. 플라톤의 동굴에 갇혀 지내던 인간이 '바라보다'라는 개념 자체를 바꿔, 사진에 현실이 그대로 담겨있다고 생각한 나머지 찍힌 것을 소유한다고 믿기 시작했기 때문이다.

　수잔 손택은 1977년에 출간한 『사진에 관하여(On Photography)』에서 이미지에 대한 과도한 의존이 가져올 부정적 결과를 예고했다. 그녀는 1972년 뉴욕에서 다이안 아버스의 회고전을 수차례 보고난 뒤 사람을 불러 모으는 사진의 힘에 대해 성찰한 에세이를 쓸 결심을 한다. 그 뒤 1973년 10월 「사진」을 시작으로, 4년 동안 『뉴욕타임스 서평』에 실은 여섯 편의 에세이를 묶은 책이 바로 『사진에 관하여(On Photography)』이다.

"한 사건이 어떤 의미를 갖게 되더라도, 정확히 말해서 사진으로 찍을만한 가치가 있는 그 무언가가 되더라도, 그 사건을 사건으로 만들어 주는 결정적 요소는 이데올로기이다. 해당 사건 자체에 명칭이 붙어 그 성격이 규정되지 않는 한, 제 아무리 사진에 찍혔다한들 그 사건이 벌어졌다는 증거는 없는 셈이다. 사진은 한 사건에 명칭이 붙은 다음에야 뭔가에 기여할 수 있는 것이다."

– 수잔 손택

위에서 보여주듯 휴머니즘이 없는 야심찬 사진작가의 사진은 진실을 알리는 수단이 되기 어렵다고 단언한다. 왜냐하면 사진작가가 제아무리 선의로 찍는다고 해도 내재적 본능은 아름다움을 추구하기 때문이다. 그리하여 사진들은 박물관 혹은 유명 백화점 벽에서 분열과 혼란을 야기하거나 현실을 왜곡하여 아름다운 것으로 만든다는 것이다.

예로 퓰리처상 보도사진전이나 내셔널 지오그래픽 사진전에 익숙한 우리 모습을 떠올려 보자. 전쟁이나 재난 현장 사진을 보고 그들이 삶과 죽음을 넘나드는 순간을 사진의 한 장면만으로 이해하려 한다. 사진에 붙여진 단 몇 줄의 설명과 선택된 이미지를 해석하면서. 그것이 갖는 독창성과 객관성을 평가한 전문가의 안목을 한 치의 의심 없이 믿고서 줄지어 관람한다.

손택은 이를 '부드러운 살인' 혹은 '살인의 승화'라고 표현하였다. 전쟁이나 자연재해 속 타인의 고통을 거의 실시간으로 지켜보고, 상황이 끝난 뒤에도 떠올리는 흥미로운 사건 중 하나로 여기는 것. 진실한 마음으로 '신뢰할 만한 기록'을 남기는 것이 의도였다고 해도, 현장에 있는 사람들에게는 고약한 행위라는 의미이다.

> 인간들은 여전히 서로를 죽이고 있소. 정치가들은 지구가 하나의 존재라는 사실을 알지 못한다. 그러나 텔레비전은 발명됐다. 바로 이 '천리안'을 통해 우리는 동료의 마음을 들여다볼 수 있을 것이며, 세상 어디에든 존재하게 될 것이다. 삽화가 들어간 책들, 신문들, 그리고 잡지들이 수백만 부씩 출판되고 있다. 현실은 더 이상 모호하지 않다. 일상에서 진실은 모든 사람들을 위해 존재하고 있다. 보이는 것이 정화되고 있다. 현세의 건전함은 그와 같은 매체를 통해 서서히 걸러지게 된다.
>
> – 라즐로 모흐리 나기

이처럼 『사진에 관하여(On Photography)』는 사진을 소유하는 방식의 하나로 보는 시각에서 멈추지 않고, 인간이 세상을 바라보는 방법의 진화를 설명하고 있다. 이전에 논의된 적 없는 사진의 본성에 관한 질문을 던지고, 상반되는 주장과 자료를 나란히 놓아 읽는 이로 하여금 광역적 고찰을 하도록 이끄는 힘은 놀라울 정도이다.

수잔 손택에게 반했던 여름 이후 가을에는 그녀의 다른 저서들을 섭렵하였다. 그것은 몹시 자연스러운 흐름처럼 느껴졌다. 그래서 감히 미리 말씀드린다. 만약 『사진에 관하여(On Photography)』를 읽게 된다면, 이미지가 무자비한 폭력에 익숙하게 만든다는 사진의 본성을 파헤친‘ 타인의 고통(Regarding the pain of others)’까지 반드시 읽게 되리라는 것을.

도시는 사람이다

『도시는 무엇으로 사는가』, 유현준, 을유문화사

장창수

이 책은 제목부터 '도시는 무엇으로 사는가'라고 묻는다. 그래 놓고 '도시를 보는 열다섯 가지 인문적 시선'이라고 부제를 달았다. 도시 건축을 인문적 관점으로 보겠다는 것이다.

일찍이 레오 톨스토이는 단편소설을 통해 '사람은 무엇으로 사는가?'라고 물었다. 우리는 그것이 사랑임을 알고 있다. 이 책의 저자인 유현준 교수는 건축사다. 시멘트, 벽돌 등으로 쌓아 올린 도시 건축물에서 저자는 어떤 인문적 이야기를 하고 싶은 것일까?

문득 인문학의 인문이 무엇일까 생각해 본다. 지금은 정치, 경제, 사회, 문화 전 분야에서 인문을 접두사처럼 붙인다. 인문학의 인문人文은 사람 인과 글월 문으로 이루어진 말이다. 그런데 여기서 文은 글월이 아니라 모양이란 뜻으로 쓰였다. 즉 인문은 '사람의 모양'이란 뜻이다.

사람이 살아가는 모양새를 가장 잘 나타내는 학문이 '문사철(문학, 역사, 철학)'이다. 수년 전부터 통섭統攝이란 말이 유행하더니 이젠 지식의 융합이 다반사가 되었다. 문사철뿐 아니라 사람 사는 세상에 인문 아닌 것이 없다는 걸 깨달은 것일까. 오래된 가게, 낡은 간판조차도 인문적으로 보게 된 것이다.

사람과 도시는 서로 통한다

이 책은 부제가 말하듯 15장으로 되어 있다. 각 장마다 거리, 건축, 공원 등의 이야기가 인문적 시선으로 펼쳐진다. 인문적 관점이라고 해서 그리 거창한 것도 아니다. 그냥 사람의 눈이다. 사람의 움직임이고 사람들의 부대낌이며 도시에 얽힌 사람의 추억 같은 것들이다.

사람이 도시를 만들고 거기서 살며, 편리함을 누리면 그뿐이라고 생각하는가? 물론 도시는 사람이 만들었다. 사람이 살면서 도시가 저절로 만들어졌든, 도시계획에 의해 계획적으로 만들었든 사람이 만든 것은 맞다. 그런데 도시를 가만히 들여다보면 거기에 살고 있는 사람들과 무척 닮아 있다. 이화여대 최재천 교수는 "사람은 도시를 만들고 도시는 사람을 만든다"며 이 책의 추천사를 썼다.

도시를 이루는 건축물, 도로, 골목 들은 물질이다. 그래서 생명체인 사람과는 무관한 것 같다. 하지만 둘은 서로를 닮아가며 변화한다. 함부로 헐고 새로 짓기만 한다고 능사가 아닌 까닭이 여기에 있다. 사람도 아프면 치료하고 고치며 살아간다. 사람과 닮은 도시도 그렇다. 다른 말로 물아일체物我一體다.

이벤트가 많은 도시를 선호

사람이 도시를 경험하는 가장 인간적인 방법은

걷는 것이다. 거리를 걷는다는 것은 시속 4킬로미터로 느끼는 경험이다. 저자는 걷고 싶은 거리가 되려면 '휴먼 스케일의 체험'이 있어야 한다고 말한다. '휴먼 스케일'은 인간의 체격을 기준으로 한 크기의 척도다. 인간의 자세, 동작, 감각 등을 건축에 적용한다는 의미이다.

서울의 명동과 테헤란로를 비교한 부분도 재미있다. 보행자들은 아기자기한 스케일의 명동을 즐겨 찾는다. 그에 반해 테헤란로는 잘 만들어진 계획도시지만 경험의 밀도가 낮아 보행자들이 꺼린다는 것. 인체의 크기와 동떨어진 거대한 계획도시가 주는 삭막함이랄까.

유럽의 도시들은 마차가 지나가는 길을 따라서 생겼다. 반면에 미국의 도시들은 자동차를 기준으로 설계되고 만들어졌다. 당연히 시간 단위가 길게 만들어진 유럽 도시들의 이벤트 밀도가 높다. 하나의 가게는 두 개의 이벤트를 낳는다. 가게에 들어갈 수도 있고 안 들어갈 수도 있기 때문이다. 보행 구간에 두 개의 가게와 하나의 벤치가 있다면 법칙에 의해 이벤트 수는 8이 된다.

이 책을 읽고 나서 대구시 서구의 토성마을을 걸었다. 구불구불한 골목길, 자그마한 낡은 가옥들이 달리 보였다. 필자가 짚어 준 휴먼 스케일의 경험이 풍부했다. 보행 속도 또한 시속 4킬로미터보다 느리게 걸을 수 있다. 주민들이 살아온 이야기들이 고스란히 느껴졌다. 도시는 무작정 새로 지어지는 게 아니라 사람에 맞게 고쳐지며 함께 호흡한다. 도시 재생 시대다.

주말에 엄마 보러 가는 책

『언어의 온도』, 이기주, 말글터

장창수

"별일 없냐? 나는 별일 없다."

분가한 이후 어머니로부터 가끔 전화가 온다. 같은 내용인데 어머니의 목소리는 그때마다 조금씩 다르다. 별일 없냐는 물음과 별일 없다는 안부의 반복이지만 목소리의 차이에 따라 의미가 다르다는 사실을 예전에는 알지 못했다.

『언어의 온도』라고? 격앙된 말들이 넘쳐나는 세상 아닌가. 저자가 이기주라고? 다들 내세울 만한 건 죄다 자랑하는데 저자에 대한 별 소개가 없다. 게다가 앞표지에 출판사명도 없다. 보라색 단색 표지에 그림조차도.

　작가는 스스로를 이렇게 소개한다. 글을 쓰고 책을 만든다. 쓸모를 다해 버려졌거나 사라져 가는 것에 대해 쓴다. 가끔은 어머니 화장대에 은밀하게 꽃을 올려놓는다. 책날개에 쓰인 프로필은 이게 끝이다.

　이 책은 3부로 구성되어 있다. 1부는 말, 2부는 글, 3부는 행에 대해 이야기하고 있다. 내용들이 낱개로 포장된 각설탕 같아 읽기에 부담이 없다. 읽다가 바쁘면 한동안 책장에 꽂아 두어도 괜찮다. 첫사랑처럼 문득 생각날 때, 그때 꺼내 읽으면 되니까.

말, 마음에 새기는 것

1부는 저자가 들은 말에 대해 쓰고 있다. 자칫 놓칠 수 있는 생활 속의 말들. 전해 듣고 엿듣고 상상한 말들을 심미적이면서도 사색적으로 서술했다.

"아비다, 잘 지내? 한번 걸어봤다."
(중략)
내 추측은 이렇다. 당신의 전화가 자식의 일상을 방해하는 게 아닐까 하는 염려 때문에, "한번 걸어봤다"는 상투적인 멘트를 꺼내며 말문을 여는 것은 아닐까.

– p.33

이런 아버지의 말은 온도가 몇 도일까? 물이 끓을
정도로 격정적인 온도는 아닐 것이다. 따뜻하게
봄날까지 생명을 보듬는 겨울 햇살의 온도가 아닐
는지.

글, 지지 않는 꽃

삶 속에서 문득문득 마주치는 글들이 2부에서
소개된다. 본문 속에서 저자는 기자였다고 했고,
117쪽에선 글쓰기 강연가라고 소개한다. 아름다운
텍스트를 쓰기에 충분한 연원을 밝힌 셈이다. 이
런 식으로 저자는 양파 껍질 벗기듯 조금씩 자기
를 드러낸다.

> 57세 일본 남성 다카마쓰 야스오는 최근 스킨스쿠버 자
> 격증을 땄다 그 이유는…
>
> – p.181

저자가 신문의 국제면에서 발견한 기사의 일부다. 다카마쓰의 아내인 유코는 2011년 쓰나미로 실종되었다. 아내의 주검을 찾기 위해 해상보안청의 도움을 받으며 노력했지만 결국엔 실패했다. 그래서 다카마쓰는 아내를 직접 찾기 위해 스킨스쿠버 자격증을 땄다는 것이다.

행, 살아 있다는 증거

말과 글의 이야기는 3부 행行에서 완결된다. 말이 말로서 글이 글로서 끝나지 않으려면 삶 속에 제대로 녹아야 한다.

수렁에서 아들을 건져준 건 어머니였다. 내가 지면을
할애해 어머니 이야기를 구구하게 언급하는 것도 다 그
런 이유에서다. 어머니가 내겐 예인선이었다.

– p.300

그럴 줄 알았다. 읽는 내내 언어가 온도를 가지
는 원천적 힘이 궁금했다. 가족 이야기가 반복될
때마다 조금씩 눈치 챘지만, 결국 작가는 그 근원
적 힘이 어머니라고 고백했다.

나는 금호강이 흐르는 대구시 동구에 살고 있다.
금호강의 근원을 거슬러 올라가면 발원지인 영천
이 나온다. 영천은 금호강의 고향이면서 나의 고
향이기도 하다. 그리고 거기에 어머니가 사신다.
『언어의 온도』를 읽고 나서 어머니의 전화 목소

리를 떠올렸다. 어머니의 '별일 없다'는 정말 별일 없다는 뜻이 아니라 적적하다는 푸념이거나 손자들이 보고 싶으니 데려오라는 바람이었을지도 모른다. 또 목소리가 명랑한 날에는 진짜 별일은 없지만 너희들은 무탈하냐는 염려이기도 했으리라.

"어머니, 별일은 없는데 주말에 내려갈게요."

문화의 고리를 당기다

『왜! 문화인가』, 문무학, 학이사, 2017

정화섭

문에 달려있는 문 잡이를 당기듯, 나는 이 책의 고리를 확 당겨 문화의 바다에 흠뻑 젖었다. 젖었다는 것은 뭔가 움튼다는 것이다. 미처 생각하지 못했던 것에 아! 그렇구나, 느낌이 온다는 것이다. 삶의 밑바닥을 윤기 나게 해주는, 넓은 범주 속에서의 문화는 역지사지易地思之하는 관대로 타인과의 소통을 꿈꾸게 한다.

저자 문무학 님은 시인과 문학평론가로 대구시조시인협회장, 대구문인협회장, 한국예총대구광역시연합회 회장, 대구문화재단 대표를 지내며 문화현장에서 살았다. 개인은 가슴의 평수를 넓히고 영혼의 근육을 튼튼히 해야 살아남을 수 있으며, 국가는 문화를 진흥시켜야 세계의 중심이 될 수 있다고 피력한다.

이 책은 문화 예술, 왜 지원해야 하는가?, 문화가 삶을 어떻게 바꾸는가?, 문화가 제시하는 소통의 길은?, 책, 새로운 세상을 어떻게 여는가?, 로 총 4부로 나누어져 있다. 다채롭게 엮어져 있는 내용들이 독자를 폭넓게 에워싼다. 각부마다 달려 있는 의문표가 "인간의, 인간에 의한, 인간을 위한, 삶이,"어떤 것인지를 말한다.

> 따뜻한 가슴을 지닌 사람이라면 누구나 품위 있는 삶을
> 살 수 있다. 문화예술을 가까이 하는 것이 품위 있는 삶
> 을 사는 지름길이기도 하다. 즉 문화적으로 산다는 것
> 이다. "문화 예술은 삶이 무엇인가를 생각하게 하고,
> 살아온 삶을 돌아보게 하고, 어떻게 살아갈 것인가를
> 꿈꾸게 한다. 따라서 문화예술의 지원이 창의적인 인재
> 를 양성할 수 있게 하는 것이다."
>
> — p.34

행복의 근원이 무엇인가를 찾아가면 된다.

예술은 사회발전의 근간이 되며, 즐거움 속에 삶
의 지혜를 숨겨 놓고 있다. 삶의 질이 좋아진다면
즐겁게 사는 것이기 때문이다. 문화예술을 가까이

하면 날마다 다른 삶을 살 수 있다. 문화 예술은 늘 새롭게 창조되는 것이기 때문이다. 새로움으로 가는 길에는 재미가 따라 붙는다. 질식할 것 같은 일상의 권태로움에서 벗어나는 것은 결국 재미나게 사는 것이다.

문화가 제기하는 소통의 길은 다양하다.

"이 시대에 돈의 가치를 소중히 여기되, 돈의 노예로 살기를 거부하며, 힘의 권위를 명예롭게 지키되, 부당한 힘에는 결코 굴복하지 않으며, 성공을 향해 전력을 다하되, 성공의 자리에는 더 큰 책임의 무게가 따름을 항상 명심하고, 다른 이의 즐거움에 크게 웃어줄 수 있고, 작은 아픔도 함께 울고 안아줄 수 있는 우리 마음속 진짜 영웅을 찾으며 그려진 드라마"

– p.120

에서도 엿볼 수 있다. 30여 개국에 판권이 팔린 '태양의 후예'이다.

현재 만화 강국 일본에서 판매부수 450만 부가 넘어서고 있는 윤인완 씨는 '신 암행어사' 10년 만에 웹툰으로 한국적 소재를 비틀어 판타지를 창조하고 있다. '처음엔 비웃어도 끝은 다를 겁니다.' 그의 스토리텔링 철학은 "치밀한 논리를 바탕으로 주제와 메시지와 설정이 하나로 모여야 한다."며 의욕이 야심차다.

그리고 스물네 살 왕경업 씨는 배리어프리(barrier-free·장벽 없는) 공연 기획자다. 그는 평창 동계올림픽 기간 중 열리는 문화올림픽을 위해 배리어 프리 공연 기획팀 '링키(Linky)'도 결성했다. 장애인과 문화를 연결한다는 뜻이다. 불과 몇 달 전까지만 해도 사회 경험 없는 대학 3학년생이었다. 연세대 공연 동아리 '로뎀스'의 예술 감독을 맡으면서 기존의 방식에서 벗어나고자 '변화'를 추구했던 것이다.

또한 색으로 인류 문제 해결을 꿈꾸기도 하고, 비발디의 사계처럼 자연과 하나 되기도 한다. 갈등을 봉합하는 데는 색이 있으며, 계절이 있고, 화해의 음악이 있고, 드라마의 신드롬이 있고, 축제가 있다. 정치권은 국민들에게 정말 보이지 말아야 할 온갖 추태들을 다 보이고 있지만, 문화예술계는 저마다의 자리에서 열정과 땀방울로, 대한민국의 저력을 널리 홍보하며 문화 강국으로 만들어가고 있다.

한국형 '노블레스 오블리주'(지도층의 솔선수범)의 지

평을 연, 1억 원 이상 기부자 모임 아너 소사이어티(Honor Soci-ety)가 올해로 창립 10주년을 맞았다. 공동 모금회 나눔 연구소 연구를 보면, 기부하면 기부자가 심리적 흐뭇함과 기쁨을 얻는 이른바 '온광 효과(warm glow effect)'가 더 큰 기부를 낳았다는 분석도 있다. 기부가 기부를 낳은 10년에서 우리 사회도 한 단계 올라섰다는 느낌이다.

저자는 문화 중에서도 종이 책 읽는 것이, 가장 중요하다는 생각을 가지고 책 읽기 운동을 펼치고 있다. 책을 바르게 읽기 위한 서평 강좌와, 토론회, 그리고 서평집을 엮어 내면서 책과 함께, 책 읽는 사람들과 함께, 책으로 행복하고자 한다. "공기가 없으면 당장 숨을 쉬지 못하고 우리의 목숨을 잃을 수 있지만 공기의 소중함을 모르고 살듯이, 책이 우리 문화의 핵이다. 책을 제쳐 두고 문화

생활을 하겠다는 것은 문화의 뿌리를 모르고 겉만 아는
것이다."

- p.154

책이 문화인을 만든다

문화 예술을 가까이 하지 않는 삶은 변화 없는
삶이다. 그게 그것이며 그날이 그날인 것이다. '욜
로YOLO' You Only Live Once 이웃의 사랑과
관계 속에서 나를 깨달으며, 욜로적 삶을 실천하
는 것이 중요하다. 간절한 마음을 기울이고 살아
간다는 것은, 삶에서도 한 걸음 전진하는 것이다.
예술, 문화 또한 그런 마음의 영역이다.

"문화는 나를 위한 것이기도 하지만 진정으로 우
리를 위하는 것이다. 문화는 오늘을 즐겁게 하지

만 오늘보다 내일이 더 즐거워지게 만든다. 우리 모두가 함께 즐겁게 살아가기 위하여 존재하는 것이다. 문화를 통해 나를 알고 문화를 통해 또 너를 알고, 그리하여 소통하는 것이다. 서로를 알고 소통하면 이 세상에 오는 것이 무엇이겠는가? 사람이 보이게 되는 것이다. 이 지구의 주인인 사람이 보이게 하는 것이다." 저자의 머리말에 쓰인 글이다.

연일 맹추위로 우리의 마음마저 움츠리게 한다. 그런데 폰을 열자 강추위에 길에 정신을 잃고 쓰러진 노인에게 외투를 벗어준 중학생들이, 사회관계망 서비스(SNS)에서 화제다. 이 지구의 주인인 사람…. 책의 내용과 겹쳐지면서 가슴이 찡하다.

21세기를 문화의 중요한 시대라고 한다. 그렇다

고 대접해 주지도 않고 눈에 훤히 보이지도 않는다. 하지만 이 책은 '왜! 문화인가'를 스스로 느끼게 해준다. 각자가 느낀 만큼 받아들이면 된다. 더 뜨겁게 삶을 껴안으며, 자기만의 보폭으로 걸어가면 된다.

조금 흐트러지고 싶은 날에는

『내 머리 사용법』, 정철, 허밍버드

최유정

주홍색 색연필을 꺼내들었다. 심장을 타격한 글 아래 그어놓은 주홍 빛깔 선을 보고 있자니 기분이 산뜻해진다. 몸의 긴장이 풀린다. 딱딱한 의자에서 내려와 푹신한 좌식의자에 몸을 맡긴다. 뭔가 부족하다. 아, 재즈 음악을 곁들이면 어떨까. 이로써 완벽한 시간이다! 그렇게 정철의 『내 머리 사용법』은 사람을 무장해제 시켜 놓는 재주가 있었다.

정철은 절반은 카피라이터 절반은 작가. 고려대학교 경제학과를 졸업하고 MBC애드컴 카피라이터, 단국대학교 언론영상학부 겸임교수, 서울카피라이터즈클럽 부회장을 지냈다. 지금은 정철카피 대표.『한 글자』,『불법사전』,『머리를 9하라』,『인생의 목적어』 등의 책을 썼다.

기아 자동차, 하이트 맥주, 프렌치카페, 삼양라면 등의 브랜드는 물론 다수의 영화와 대통령에 이르기까지 수백수천의 광고 카피를 써왔다.

그는 6부에 걸쳐 우리 주변의 흔한 소재를 가지고 자신이 전하고 싶은 이야기를 위트 있게 끌어낸다. 그런데 본론에 들어가기 전 마치 가전제품

마냥 첨부되어 있는 사용설명서가 인상적이다. 다
양한 항목 중 주요 기능에

> "위로 기능: 외로운 당신을 꼭 안아 주는 기능, 유연 기
> 능: 머리를 말랑말랑하게 바꿔 주는 기능, 개선 기능:
> 하하하 얼굴을 활짝 펴 주는 주름 개선 기능, 섬광기
> 능: 느닷없이 번쩍 아이디어가 떠오르게 하는 기능, 건
> 강 기능: 무릎을 탁 쳐서 혈액순환을 돕는 기능, 응원
> 기능: 나도 글을 써야지, 연필을 쥐게 하는 기능"
>
> – p.7

이라고 썼다. 벌써부터 웃음이 난다. 사용 설명서
를 보고 웃다니. 벌써 재밌어진다. 책을 읽기 전
그가 교묘하게 뇌를 준비운동 시키는 듯하다.
  본론에 들어가 보자. 여유가 느껴진다. 글 보다
여백과 그림이 더 많은 책. 그래서 낙서하고 싶어

지는 책. 우리 눈이 쉬어가는 시간을 주면서도 총천연색이 굳어있던 우리의 시신경을 즐겁게 자극하는 책. 한 페이지에 하나의 주제 아래 짧기도 길기도 한 글에서 행복, 감사, 슬픔, 감동을 전하고 위로를 건넨다.

"사랑은 나 속에 너를 가두고 종신형을 선고하는 것.
이래라 저래라 배심원 의견은 못 들은 척 무시하는 것.
감옥 열쇠는 바다에 던져 버리는 것."

– p.76

과 같은 깜찍발랄(?)한 글과 함께 그 글에 딱 맞는 개성 넘치는 그림을 보는 재미 또한 쏠쏠하다. 때로는 글이 다하지 못한 설명을 그림이 대신하기도 할 정도다.

그는 독자가 가만히 읽기만 하도록 내버려두지 않는다. 예상치 못하게 목운동을 하게 만들지도 모른다. 어쩌면 책을 거꾸로 읽고 있는 자신을 발견할지도 모른다. 마지막 페이지에서 다시 시작할지도, 책의 위아래를 뒤집어 읽을지도 모른다는 말이다. 대개의 책들을 대할 때 나타나는 수동적 자세를 능동적으로 바꾸어 버린다. 우스꽝스런 모습에 혼자 웃음을 터뜨릴지도 모르지만 그 안에서 새로운 아이디어를 발견할지도 모른다.

"상상력 주식회사라는 회사를 하나 세우려 하는데 어떤 사람을 써야할지 조언을 듣고 싶다고 (중략) 이렇게 대답할 것입니다. 혼자서 잘 노는 사람을 뽑으세요. 혼자 잘 노는 사람은 비현실, 비합리, 비정상 같은 단어랑 친하지요. 새로운 발상은 바로 이 '비'로 시작하는 용감한 친구들이 가르쳐 주지요"

– p256

'근사한 레스토랑에서 스티브 잡스와 밥 먹는 법'의 한 부분이다.

그는 책을 대하는 태도뿐만 아니라 머리도 능동적으로 바꾸어 놓는다. 사용법이 한 가지밖에 없는 것처럼 사용해왔던 우리의 뇌에 새로운 통로를 만들어준다. 보이는 대로만 생각해 온 우리에게 보이지 않는 것까지 보는 법을 알려준다. "바다는 갈매기가 자신에게 하루에도 수백 번씩 키스를 한다고 믿는다. 키스의 황홀함에 취해 물고기를 도둑맞고 있다는 것을 눈치채지 못한다."

– p.184

"우리의 머리가 아픈 이유는 입 때문이다. 입의 잘못

때문에, 입의 실수 때문에 머리가 아픈 것이다. 그래서
우리는 두통약 타이레놀을 머리에 넣지 않고 입에 털어
넣는다."

– p.190

몸도 굳고 머리도 딱딱해져 무기력해질 때, 몸도
생각도 마음도 마구 흐트러지고 싶은 날에 조용하
지만 엉뚱한 이 친구에게 말을 걸면 어떨까. 내 머
리 사용법 좀 알려달라고. 그러면 그 친구는 이렇
게 또 짓궂은 소리를 할지도 모른다.

"(중략) 제목을 다시 읽어 보세요. 내 머리 사용법입니
다. 당신의 머리 사용법이 아니라 정철이라는 사람의
머리 사용법입니다. 당신의 머리 사용법은 당신이 발견
하세요. 나도 나만의 머리 사용법을 찾아야지, 이런 마
음을 먹게 하는 일이 이 책이 하는 일의 전부입니다."

– p.191

다각화의 중요성

『핑거 포스터』, 이언 피어스, 김석희,
도서출판 서해문집, 2005년

최 진 혁

"내 눈길을 가장 먼저 끈 것은 그가 비교적 젊다는 점
이었다. 그의 명성을 듣고 적어도 쉰 살은 넘었을 거라
고 생각했었는데, 실제로 보니 기껏해야 나보다 두어
살 많아 보였다. 키는 훤칠했지만, 깡마른 체구에 허약
한 체질을 갖고 있었다. 비쩍 말라서 길쭉한 얼굴은 창
백하고, 입술이 묘하게 관능적이었다. 차분하고 느긋한
앉음새를 보면 그가 귀족 출신이라는 것을 한눈에 알

수 있었다. 그다지 유쾌한 사람 같지는 않았다. 실은 상당히 오만해 보였다. 그는 자신의 우월함을 충분히 인식하고 있을 뿐 아니라, 남들도 당연히 그걸 인식하고 있으리라 여기는 것 같았다."

마치 예술 작품을 품평하듯이 한 사람의 인상을 꼼꼼하게 표현한 이 글의 저자는 '이언 피어스'이다. 그는 1955년 8월에 태어났으며, 미술사 연구로 박사 학위를 가지고 있다. 이를 바탕으로 미술사와 관련된 미스터리 소설을 썼다. 대표적인 저작들로 '라파엘로 사건', '티치아노 위원회', '베르니니 흉상', '최후의 심판', '조토의 손'과 같은 소설들이다. 대부분의 그의 작품들이 역사적으로 실존했던 것을 배경으로 다루고 있으며, 한국에 정식 발매되어 있다.

바쁜 사람들이 읽기에는 상당히 부담스러울지도 모른다. 하지만 이 2권의 책은 1663년 있었던 가상의 사건을 4명의 사람들의 증언으로 나누어 보여주고 있다. 각 파트의 분량이 비슷하고 완결성을 가진다. 그렇게 1100페이지의 소설을 4파트로 친절하게 나누어 볼 수 있게 만들어 놓은 것이다.

　각각의 이야기는 제목을 가지고 있다. 이때 제목에 이용된 것이 '베이컨의 4가지 우상'이다. 이 우상이란 것은 과학의 잘못된 폐단의 원인을 4가지 예시를 들어 놓은 것으로 종족, 동굴, 시장, 극장이라는 4개의 우상으로 이루어진다. 이중에서 종족의 우상을 제외한 3가지 우상을 이용하여 3명의 증언의 문제점을 간접적으로 표현한다. 마지만 4장은 '핑거포스트'라는 이 책의 제목으로 마무리

짓고 있다. '핑거 포스트'는 사전적으로는 손가락 모양의 길 안내 표지, 지침, 안내서라는 뜻을 가지고 있으며, 이 이야기의 진실을 안내해준다는 인상을 주고 있다.

이 책은 실제 역사와 허구가 혼재 되어있다. 가상의 인물 '사라 블러디'가 중요한 인물로 등장하며, '로버트 보일'과 같은 실존했던 화학자가 등장하기도 한다. 다루고 있는 시대도 그러하다. 1663년을 배경으로 그 근래에 있었던 '청교도 혁명'이나 찰스 2세가 돌아와 왕정을 복귀한 배경이 이야기에서 중요하게 작용하고 있다. 여기까지만 말하더라도 역사를 배경으로 한 잘 짜여진 소설이다. 거기서 차별화를 가지는 것이 앞에서 말했던 4개의 관점에서 나오는 치밀한 글의 구성이다.

단순히 하나의 사건을 한 시점에서 보았을 때는 전체를 알 수 없다. 오로지 한 시점의 정보만 얻을 수 있다. 예를 들어 어떤 지역을 여행하더라도 사계절 모두를 경험하지 않으면 그 지역의 환경을 온전히 알 수 없듯이, 4개의 파트를 모두 읽으면 그 사건의 진상을 더욱 명확하게 파악할 수 있다. 물론 하나의 계절만을 여행하더라도 많은 것을 보고 아름다울 수 있듯이 4개의 파트 모두가 각각의 느낌이 확연하게 다르다.

　"입성은 수수하다 못해 밋밋했고, 검은 곱슬 머리에 얼굴은 꽤 예쁘장하게 생겼지만, 그렇다고 눈에 띄게 특출난 점은 없었다. 그런데도 왠지 눈길을 끄는 데가 있었다. 그녀를 본 사람은 일단 고개를 돌렸다가도 저도 모르게 다시 돌아 보게 된다. 크고 검은 눈망울 때문이

기도 했지만 그녀의 행동거지가 너무나 그녀에게 어울
리지 않는다는 게 더 큰 이유였다. 그녀의 움직임이 내
관심을 끌었다. 영양실조에 걸린 듯한 몸매인데도 그녀
는 마치 여왕 같은 태도로 우아하게 움직였다."

"그 젊은 여자에 대해서는 무슨 말을 할 수 있을까. 콜
라가 반했을 만큼 예쁜 용모와 남다른 태도를 갖고 있
었지만, 그녀는 어디까지나 창녀였고 마녀였다. 원숙한
나이에 이르러 천국에 좀더 가까이 다가간 지금 돌이켜
보면, 그 여자와 교제함으로써 내 영혼을 위험에 빠뜨
린 젊은 시절의 경솔함이 그저 놀라울 따름이다."

이렇듯 하나의 인물에 대해서도 각 파트마다 바라
보는 관점이 달라진다. 상황에 따라서 무례한 사
람이나, 마녀, 헌신적인 자식, 현 정부에 반하는
세력과 같이 다양하게 표현된다. 1663년에 있었던

한 사건에 얽힌 이야기를 다루고 있지만 증언을 하는 사람들은 서로가 중요시하는 관점이 다르게 쓰여 있다. 어떤 이는 그 시기에 나타났던 의학의 발전과 사건을 엮는다면, 또 어떤 증언에서는 가문의 영광을 되찾는 과정에서 그 사건에 연루되기도 한다. 또 어떤 증언에서는 하나의 거대한 정치음모의 일부로써 사건을 바라보고 있다. 최후의 안내서에서는 그것을 하나로 모아서 객관적인 시각에서 보여주는 듯하지만 결국 이것도 그 증언자의 관점에서 이루지고 있음을 부정할 수는 없다.

"나는 아무한테도 말하지 말라는 명령을 받았고, 그 계율을 지킬 것이다. 이것이 진실이다. 유일한 진실, 명백하고 완벽한 진실이다."

각 증언은 결국 진상을 모르는 사람들이 본다면 각자의 이야기는 진실이 될 것이고, 명백하게 다른 사실이 진실이 될 수도 있을 것이다. 현대를 살아가는 사람들에게 필요한 것이다. 누군가를 바라본다면, 다른 관점으로도 살펴 볼 필요가 있다. 한 쪽으로 보고 그것을 진실이라고 굳게 믿는다면, 자신이 원하는 해답만을 찾을 뿐이지 명백한 진실과는 멀어질지도 모르기 때문이다. 나도 이렇게 하나의 관점에서만 무언가를 바라보는 것이 아닌지 고민해 본다.

창조적인 사람들의 창조적인 생각

『생각의 탄생』, 로버트 루트번스타인 ·
미셸 루트번스타인, 박종성 옮김,
에코의서재

추필숙

나는 이 책을 내 인생의 100권에 넣기로 했다. 처음엔 생각의 역사에 관한 이론서라는 선입견이 있었고, 두꺼웠다. 생각의 필요성을 옹호하거나 찬양에 이바지하는 책인 줄 알았다. 후루룩 책장을 넘겨보니 노벨상 수상자들과 천재적인 예술가들의 이름이 눈에 띄었다. 이들은 어떤 생각을 했

을까, 의문을 가지고 첫 장을 펼쳤다. 첫줄에서 저자는

"이 책은 '창조적으로 생각하기'에 관한 책이다."

— p.5

라고 밝혀 두었다. '창조적'이라는 단어 하나가 이 책의 두께를 책임지고 있다는 것을 알 수 있다.

저자는 두 사람이다. 생리학과 교수인 로버트 루트번스타인과 역사학자이며 연극학과 교수인 미셸 루트번스타인의 공동 저작이다. 둘은 부부이면서 과학과 예술을 아우르는 연구 동반자이다. 생각을 공유하고 그것을 통찰로 이끌어 간다는 것 하나만으로도 믿음직해 보인다.

내용은 단순하다. 다만 사례가 광범위할 뿐이다.

상상력과 직관을 통해 창조적인 통찰을 얻은 사람들이 사용한 생각 도구를 소개하고 그 도구의 사용법을 알려준다. 13가지의 생각도구는 관찰, 형상화, 추상화, 패턴인식과 형성, 유추, 몸으로 생각하기, 감정이입, 다차원적 사고, 모형 만들기, 놀이, 변형, 그리고 통합이다. 한마디로 창조적으로 생각한다는 것은 그때그때 적합한 생각도구들을 이어서 혹은 동시에 사용하여 과학, 예술, 인문학, 그리고 공학기술 등 상이한 분야를 서로 연결해주고 연관성을 인지하게 하여 특정 영역에 치우친 사고보다 더 가치 있는 통찰에 닿게 한다는 것이다.

생각 도구 중에서 '추상화'가 가장 낯설었다. 추상화란 현실에서 출발하되, 불필요한 부분을 도려 내가면서 사물의 놀라운 본질을 드러나게 하는 과정이다. 우리는 '추상'을 관념적이거나 애매모호함과 비슷한 맥락으로 보고, 늘 반대개념으로 무엇이든 구체화시키기 위해 노력해 왔다. 그러나 화가 피카소와 물리학자 윌슨과 시인 커밍스의 추상작업의 사례를 보면 누구나 한눈에 추상화의 저변을 이해하게 될 것이다.

이 책을 읽기 전에도 우리는 생각도구를 사용하여 생각을 했다. 그러나 알고 하는 것과 모르고 하는 것의 차이가 있었다. 왜 생각하는가, 라는 물음에 대한 답으로 "생각의 본질은 감각의 지평을 넓히는 것"이라는 문장에 밑줄을 긋는다. 또한 이 책은 어떤 생각이 아니라, 어떻게 생각하는가에 집중하고 있다. 사고의 씨앗과 발상의 전환을 자연

스럽게 키우고 발전시킬 수 있게끔, 생각도구를
인지하게 해준다. 이제 숙지하는 일이 남았다. 따
로 따로 아는 것들을 잇고 묶고 엮어 통합에 이른
나움 가보의 조각을 실제로 보고 싶어 졌고, 품절
된 블라디미르 나보코프의 자서전을 읽기 위해 이
책을 더 빨리 넘길 수밖에 없었다.

마지막 장에 이런 대목이 나온다.

"우리에게는 박식가와 개척자가 필요하다. 감각적 체험
이 이성과 결합하고, 환상이 실재와 연결되며, 직관이
지성과 짝을 이루고, 가슴속의 열정이 머릿속의 열정과
연합하고, 한 과목에서 획득된 지식이 다른 모든 과목
으로 가는 문을 열어젖히는, 그런 때를 아는 사람"

– p.429

이 필요하다고. 바로 창조적인 생각을 통해 창조적인 사람, 즉 박식가와 개척자가 되어야 한다는 것이다.

끝으로 한 가지 짚고 싶은 것은 편집에 대한 아쉬움이다. 본문 옆에는 주석만 남기고 다른 두 가지 패턴의 작은 글씨는 없애는 게 더 좋을 뻔 했다. 특히 큰따옴표안의 문장은 독자에게 맡겨야 할 것을 너무나 친절한 편집자가 알아서 미리 발췌해 '이것이 중심문장이에요.' 하고 알려주는 모양새가 되었다. 그럼에도 충분한 사진과 그림은 너무나 적절했다.

소득이 보장된다면 무얼 할래요?

『기본소득이 세상을 바꾼다』, 오준호,
개마고원, 2017

하승미

열심히 일하는데 왜 가난한 사람은 계속 가난할까? 기술은 발전하는데 인간은 왜 더 행복해지지 않을까? 인공지능이 인간의 일자리를 잡아먹으면 인간은 어떻게 될까? 이미 벼랑 끝에 선 현대의 물음에 답할 묘책이 필요하다. '노동과 소득의 재해석!' 국가가 돈을 거저 준다면? 인간이 노동하지 않는데 지구가 굴러갈까? 공짜 돈을 주면 인간은 게을러질까? 일보다 중요한 일상은 없을까?

　논픽션 작가인 저자 오준호는 서울대학교 국어문과 출신이고 대학원에서 정치경제학을 공부했다. 기본소득이 한국사회에 처음 알려질 무렵부터 기본소득 한국네트워크 회원으로 활동하고 있다. 사람은 노동을 하지 않더라도 어떤 식으로든 사회에 기여하고 있다. 그러므로 기본소득은 보장되어야 한다는 저자의 논지가 잘 반영된 책이다. 우리가 누는 똥은 거름이 되고, 우리의 작은 관심이 길고양이를 보호한다는 인간의 사회적 기여! No work, No pay에 정면 승부한다.

　총 4장으로 구성된 이 책의 1장은 '기본소득, 왜 지금일까?'라는 물음으로 시작한다. 스위스의 기본소득 국민투표 결과에 대한 해석, 기본소득 아이디어가 어디에서 왔는지, 기본소득이 절박해진 이유 등을 통해 증오의 시대를 이겨낼 대안으로 기본소득을 소개하고 있다. 실업과 불평등은 개인의 잘못이 아닌 사회 구조적 문제다. 때문에 시혜적, 선별적 복지는 낙인만 남길 뿐이다. 이 상태로는 새로운 산업혁명의 충격을 이겨낼 리 만무하다. 바닥을 높이는 방법이 필요하다. 노동으로부터 자유로운 삶, 품위 있는 삶. 먼저 햇빛과 물을 주어야 한다. 이 햇빛과 물에 해당하는 것, 모든 사람에게 동일하게 제공되는 최소한의 생계급여(현금)가 기본소득이라고 저자는 말한다.

세계에서 가장 부유한 사람 62명의 부를 합치면 하위 50%에 해당하는 35억 명이 가진 재산보다 크다…(중략)…한국인 상위 10%가 전체 자산의 66%를 소유하고, 하위 50%는 단지 2%만 소유한다.

— p.41

2장 '공짜 돈을 주면 게을러진다고?'에서는 런던 노숙인에게 기본소득을 제공한 후 나타난 기적과 가난한 사람들의 실험을 통해 본 미래를 기술하고 있다. 노숙인에게 가장 효과적으로 돈을 쓰는 방법은 그들에게 직접 돈을 나눠주는 것이다. 그들이 허투루 쓰고 계속 게으를 것이라는 것은 나를 포함한 타자의 오해일 뿐이다. 또한 기본소득은 '노동포기'로 이어지지 않는다고 여러 사례를 통해 저자는 말하고 있다. 더불어 노동에 종속된 복지

시스템의 문제점도 지적하고 있다.

> 기본소득이 생기면 당신은 일을 그만둘 것인가? 60%
> 가 아니다. 30%는 일하는 시간을 조금 줄이고 다른 하
> 고 싶은 일을 하겠다고 답했다…(중략)…기본소득이
> 생기면 다른 사람들은 일을 그만둘 것이라고 보는가?
> 80%가 그렇다고 답했다.
>
> – p.74

　3장 '일이냐 삶이냐'에서는 기술발달과 자동화의
흐름에 떠밀려 사라졌거나 사라지고 있는 직업들,
일자리 자체가 소멸되는 시대에 강요되는 노동윤
리를 윤리적이라고 할 수 있을까? 라는 물음을 던
진다. 무보수 노동이 없으면 떠받쳐질 수 없는 사
회의 구석구석을 소개하며 의미 있는 모든 일을

사회가 인정하고 보장해야한다는 방향성을 제시한다. 기본소득은 모든 시민이 다양한 방식으로 협업하며 사회에 기여한다는 믿음 위에 서 있다. 그럴 때 삶이 일보다 중요한 일상을 만날 수 있을 것이다.

> 미래학자 레이 커즈와일은 컴퓨터와 인간의 지능이 같아지는 해를 2029년으로 잡고 있으며, 2045년이면 컴퓨터가 인간보다 수십억 배 똑똑해지리라 본다.
>
> – p.120

4장 '기본소득, 우리는 자격 있다.'에서는 공유자원에 대한 공동체 구성원의 권리, 협업에 참여한 이들이 보장받아야 할 권리, 자유를 누릴 권리, 주권자로서의 권리를 근거로 복지가 아닌 권리로써의 기본소득을 설명하고 있다. 알래스카의 천연가스 영구기금배당, 캘리포니아주의 기후배당, 보이지 않으나 연결된 협업의 빅데이터 등 많은 실증적 사례를 통해 기본소득이 그저 허황한 외침이 아님을 저자는 보여준다. 또한 잉여 시간은 다양한 경험을 하게 할 것이고, 경험을 통한 궁리는 창의의 원동력이 될 것이다.

> 노동이 줄어든다면 우린 지금보다 더 다양한 활동을 하게 될 것이고, 이는 우리 사회의 잠재력을 증가시킬 것이다…(중략)…미래에 더 큰 이익으로 돌아올 것이다.
>
> − p.168

아직은 기본소득이 낯설다. 질문 많은 작금에 적합한 해답인지도 뚜렷하지 않다. 하지만 노인기

초연금, 충남의 청년수당 등 이미 한국 사회는 기본소득의 행로에 접어들었다. 기본이 안 된 사회에 기본을 만드는 소득은 빈곤선 이하 최소 소득을 보장해서 비빌 언덕으로 사회구조를 흔드는 것이다. 그 방법론은 책에서 제시하는 여러 안들을 참고해서 우리가 함께 논의해가야 할 모두의 몫이다. 소득이 보장된다면 무얼 할래요?

책과 함께 떠나는 여행

군위, 憧으로 動한 하루

군위, 憧으로 動한 하루

김정숙

"하늘이 안 무너지는 이유를 이제야 알겠다."라는 농담 반 진담 반인 너스레로 옆에 있는 문우에게 인사를 건넸다. 문우 역시 내 말에 공감하듯 미소로 화답한다. 사시사철 푸르름을 고집하는 침엽수. 계절의 변화를 너그럽게 수용하는 낙엽수. 확연히 대비되면서도 자연스럽게 조화되는 모습이 보기에 좋았다. 믿음직한 산봉우리가 멀리서 가까이서 하늘을 묵묵히 받치고 있었다. 살아 숨 쉬는 수묵화이다. 초겨울 바람을 가르며 달려

오신 대표님과 10시경 합류에 성공했다. 따끈한 어묵탕으로 빈속의 출출함을 달랜 후, 첫 번째 행선지로 향한다. 지도에도 없는 길이다. 교행이 거의 불가능한 산길은 숙련된 운전 실력을 요구한다. 산길에 마련된 표지판을 따라 꾸준히 올라가는 이웅현 문우님께 우리는 장전한 찬탄을 연발한다. 우리가 가는 길은 매봉산 중턱, 해발 840m 산꼭대기까지 오르는 모노레일을 체험하기 위해서이다.

'스치는 바람마저 약이 된다.'는 청정지역 군위군 고로면 석산리의 모노레일 체험이 호기심과 모험심을 동시에 건드린다. 매봉산의 산세와 이곳에서 자생하는 임산물을 자연스럽게 살펴볼 수 있도록 조성되어 있었다. 숲속에 들면 더 없이 평온한 기분을 온 몸으로 받는다. 삼림욕이다. 레일 주변에는 사진과 함께 식물의 이름

표가 마련되어 있었기에 실제 임산물과 비교하기도 쉽고 기억하기에도 좋았다. 매봉산 숲속을 구석구석 누비는 체험으로 산양삼밭과 버섯 종균 체험을 위해 잘라둔 참나무들을 볼 수 있었고 즐겨 먹는 우산나물, 곰취 등의 산나물도 간간이 눈에 띄어 반가웠다. 봄에 오면 현장에서 채취한 산나물로 취사도 가능하단다. 1970년대까지 여기에는 은과 아연을 채굴한 광산이 있었는데 이제는 폐광이 되었다 한다. 여름에는 시원하고 겨울에는 따뜻한 동굴 체험을 못해본 아쉬움이 컸다.

약바람의 배웅을 사치스럽게 누리며 고로면에 위치한 인각사로 향한다. 오래 쟁여둔 그리움의 힘으로 오늘 드디어 움직인다. 길 위에서 약동하는 DNA의 향연이다. 대학자이자 국사였던 일연스님이 전국 방방곡곡을 누비며 발로 썼다 한다. 고려조, 무신정변과 몽고의 침입 등으로 야만과 혼란의 시대를 사신 분이다. 우리 민족 최고의 국보이자 문화역사서인 『삼국유사』를 편찬한 곳, 교양인이라면 한 번쯤은 꼭 읽어야 하는 책으로 꼽힌다. 민족혼의 1번지인 성지이다. 문화해설사의 도움으로 인각사의 창건에 얽힌 이야기와 일연선사의 생애와 업적을 듣는다. 앞의 화산에 기린의 뿔을 걸었다고 해서 인각사로 명명한다고 한다. 기린은 용, 봉, 거북이와 함께 네 가지 신령스럽고 상서로운 상상의 동물이라는 것이다. 그러한 기린은 TV 매체를 통해 내가 알고 있는 네이셔널 지오그래픽이나, 아프리카의 사파리나, 동물원에서 보던 목이 유난히 긴 동물, 그런 기린이 아니었다. 인각사의 기린은 사슴의 뿔에, 말의 말굽과 소의 꼬리를 갖고 있으며, 온몸에 영롱한 비늘이 덮여 있다는 것이다. 의문이 풀렸다.

자신이 시인이기도한 해설사는 팔각원당형인 일연선사의 부도 앞에서 문정희 시인의 「돌아가는 길」을 낭송한다. 제 16회 정지용 문학상 수상 작품이기도 하다. 평소 좋아했던 시이기에 마음 솔깃, 귀는 달콤. 몇 발짝을 더 옮기면 일연선사의 돌로 된 비가 남아 있다. 비문은 당시의 문장가인 민지가 왕명을 받들어 지었으며, 글씨는 왕희지의 글씨를 중국에까지 가서 집자해 만들었다. 너무 훌륭한 것은 남의 손을 많이 타게 되는 것. 이 비를 갈아 마시면 과거에 급제한다는 낭설이 있었다. 세월의 풍화와 함께 무분별한 탁본 등으로 많이 훼손되어 있었다. 소박하다 못해 초라하기까지 하다. 그러나 다행인 것은 일연선사 탄생 800주년 기념사업으로 보각국사현탑을 재건립했다. 비문의 내용은 월정사에서 전해져 내려와 다시 만드는데 크게 도움이 되었다. "겁화가 모든 것을 살라 산하가 다 재가 되어도 이 비석은 홀로 남아 마멸되지 않으리." 그래, 당연히 그래야지.

금강산도 식후경. 우리는 아침에 먹은 어묵탕의 포만감이 그 효력을 잃어갈 즈음 대표님께서 선정해두신 곰탕집으로 발길을 옮겼다. 음식은 하루를 지탱하는 대단한 응원군. 대표님은 "어? 고기가 전에 올 때 보다 좀 적은 것 같다."라며 행복한 불평을 하셨지만 표준량이었다. 요즘은 너, 나 할 것 없이 몸무게 줄이기가 관건이다. 음식을 함부로 남긴다는 것은 공부하는 사람으로서 수치이다. 과유불급이라 알맞은 양과 금시 버무린 듯한 김치가 일품이었다. 누구와 어떤 밥상을 어떻게 함께 했는지도 소중한 기억으로 작용할 것 같다. 그 식당은 그냥 수수해서 좋았는데 맛있게 점심을 먹다가 우

연히 바라본 벽에 '노력은 배반하지 않습니다'라는 문구가 내 눈에 확 달려 들어왔다. 속이 괜스레 뜨끔했다.

나지막한 돌담길을 걸었다. 오래된 힘, 그 침묵의 무게. 돌담은 단단하면서도 부드러웠다. 가장 치열한 삶은 가장 낮은 곳에 있다지. 군위군 부계면 대율리 한밤 마을은 정겨운 돌담이 큰 자랑거리이다. 담벼락을 지키는 큰 돌, 너른 돌, 삐딱한 돌, 작은 돌, 둥근 돌들이 서로 받치고, 틈 메우고, 화합해서 균형 잡힌 파수꾼이 되었다. 돌 위에 돌, 그 아래에도 돌. 돌담을 걷다보면 알게 된다. 우리는 저마다 누군가에게는 고귀한 존재이고 소중한 무게라는 걸. 구멍이 숭숭 뚫려 금방이라도 무너질 것만 같은 솜씨도 있었다. 어설프고 서툰 작품 앞에서는 내 자화상을 보는 듯해서 저절로 미소가 배어 나왔다. 대견하게 잘 견디고 있었다. 돌담의 호위연대

역할을 하는 담쟁이덩굴과 푸른 이끼가 서로 부르고 대답하는 듯 어울려 아름다웠다. 견고한 비단길. 빛나는 존재는 높은 데만 있는 것이 아니란 걸 돌담이 조곤조곤 이야기하는 듯한 골목골목이다. 마치 제주도를 방불케 했다. 마음이 맞는 문우와 나란히 어깨를 맞대고 걸어보는 한가함이란? 살다가 이럴 때도 있나?

마지막에 들른 제2석굴암은 허공에 떠 있었다. 신앙의 대상을 우러러 볼 수 있도록 배치한 설계자의 마음이 고스란히 전해왔다. 깎아지른 듯한 절벽의 자연 석굴에 아미타불, 대세지보살, 관음보살 삼존불이 엄숙하고 온화한 기품과 자태를 드러내고 있다. 이곳은 고구려의 승려로 신라에 불교를 최초로 전한 아도화상이 정진하던 곳이라 하며, 원효대사가 동굴 안 삼존불상을 봉안하였다고 한다. 또한 지금은 석굴을 보전하기 위해

일반인의 출입을 금하고 있으며 석굴암 앞에 마련된 제단에서 참배하고 있다. 경주 석굴암보다 약 1세기 정도 선행 양식으로 토함산의 석굴암 조성에 모태가 되었다. 자연적으로 형성된 동남향의 동굴을 이용하여 입구와 내부 벽면을 확장, 가공한 뒤, 그 안에 삼존불을 안치하였다. 이 작품은 삼국시대 조각이 통일신라시대로 옮겨가는 과정에서 만들어진 것으로 높은 문화사적 가치를 지니고 있으며 불교 미술사에 중요한 위치를 차지하고 있다.

오랜 세월을 수직 암벽 나무 틈에 꼭꼭 숨어 있다가 어둠을 밝힌 세월은 불과 백년 남짓. 1927년 11월 20일 이곳 한밤마을에 살던 최두환이란 사람이 마을 앞 돌산 꼭대기에 있는 소나무에 밧줄을 매고 절벽으로 내려가 나무 틈에서 석굴을 발견했다고 한다. 나무를 쳐내고 낙엽을 헤치자 삼존석굴이 모습을 나타내었다고 전한다. 발견 후에도 35년이 지나도록 세상의 무관심 속에 묻혀 있다가 1962년이 되어서야 세상에 알려져 국보 109호로 지정되었다. 당시에는 지상에서 20m를 오르내리는 밧줄 사다리 하나 달랑 있었다 한다. 1985년 전까지는 굴 하나뿐이었고 집도 절도 없는 황무지였지만 지금은 비로전과 선원과 교육원 등 규모가 큰 절이다. 한국불교 태고종에 속한다. 부계면 남산리에 있다. 한밤마을과 그리 멀지 않다.

오랜 만에 와서 그런지 경내 모습이 많이 바뀌어진 듯한 느낌이 들었다. 지금도 공사 중이라 건축물 자재가 쌓여 있었다. 팔공산 비로봉에서 뻗어 내려온 산줄기는 자락과 어우러져 아름다운 풍광을 아무런 연출 없이 연출했다. 초겨울의 하늘과 산바람을 만끽했

다. 산에서 흘러나온 약수를 몇 모금 맛봤다. 이 땅위
에 뿌리 내리고 산다는 고마움이 잔잔하게 마음에 일
렁거린다. 훌륭한 조상, 아름다운 자연, 함께 배우는
문우들 모두에게 감사드린다. 우리 회원 중에서 어느
분인지 엿을 샀는가 보다. 우리는 서로 '엿 먹어라.'라
는 악담을 기분 좋게 주고받으며 달달한 하루, 아름다
운 동행을 마무리했다,

네 번째 발자국입니다.

굵고 깊지는 않지만, 뭐 어떻습니까? 함께 걸어가 주시는 분들이 든든하여, 올곧은 길이 외롭지 않아 행복합니다. 무레 요코 『일하지 않습니다』에서 쿄코는 말합니다. "인간은, 상상하는 그대로 보다는 가끔은 반전이 있는 쪽이 훨씬 재미있구나"라고. 마흔여덟의 그녀는 한창 일 할 나이에 일 하지 않는 것을 불안해 하다가, 작은 배움의 목표 하나로 삶의 활기를 찾습니다. 언제쯤 능숙해질까, 누구보다 잘하게 될까를 생각하지 않고 배우는 기쁨. 쿄코는 우리에게 자신이 좋아하는 것을 자신의 속도로 해나가면 된다는 메시지를 던져줍니다. 일상이 책읽기가 되고, 서평을 쓰게된 것이 이제까지의 상상 그대로이든 극적인 반전이든, 지금 이 발자국은 학이사 독서 아카데미의 발전이자 반전의 기억으로 남길 바랍니다.

제 4집 『문을 문하다』가 나오기까지 따뜻한 관심으로 도와주신 분들께 진심으로 감사드립니다.

서미지

文을 問하다

발　행 | 2018년 3월 19일

지은이 | 권영희 김남이 김승각 김정숙 김준현 남지민 배태만
　　　　서미지 손인선 신복순 우남희 장창수 정순희 정화섭
　　　　최유정 최지혜 최진혁 추필숙 하승미

발행인 | 신중현

펴낸곳 | 도서출판 학이사
　　　　출판등록 : 제25100-2005-28호
　　　　주소 : 대구광역시 달서구 문화회관11안길 22-1(장동)
　　　　전화 : (053) 554~3431, 3432
　　　　팩스 : (053) 554~3433
　　　　홈페이지 : http://www.학이사.kr
　　　　이메일 : hes3431@naver.com

ISBN _ 979-11-5854-128-6 03800

이 도서의 국립중앙도서관 출판예정도서목록(CIP)은 서지정보유통지원시스
템 홈페이지(http://seoji.nl.go.kr)와 국가자료공동목록시스템(http://www.
nl.go.kr/kolisnet)에서 이용하실 수 있습니다.(CIP제어번호: CIP2018009186)